패 왕 의 별

패
왕의
별

1판 1쇄 찍음 2014년 8월 1일
1판 1쇄 펴냄 2014년 8월 11일

지은이 | 강호풍
펴낸이 | 정 필
펴낸곳 | 도서출판 **뿔미디어**

편집장 | 이재권
기획 · 편집 | 윤영상
편집디자인 | 김병희

출판등록 | 2002년 9월 11일 (제1081-1-132호)
주소 | 경기도 부천시 원미구 상동로 117번길 49(상동) 503호 (우)420-861
전화 | 032)651-6513 / 팩스 032)651-6094
E-mail | bbulmedia@hanmail.net
홈페이지 | http://bbulmedia.com

값 8,000원

ISBN 979-11-315-3399-4 04810
ISBN 979-11-315-2568-5 04810 (세트)

패
왕
의
벌

3

강호풍 신무협 장편 소설

뿔미디어

목차

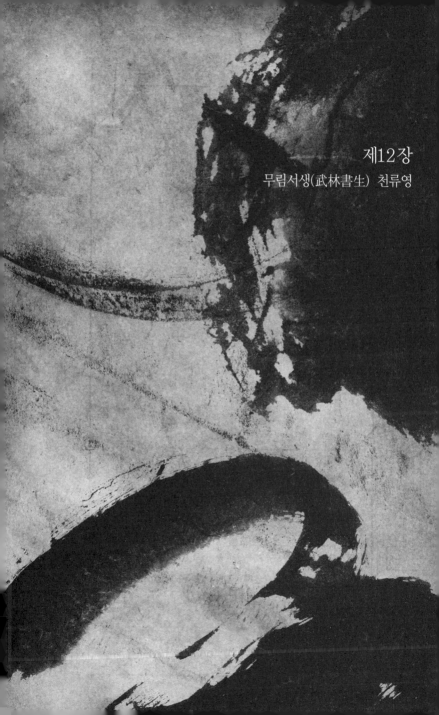

제12장
무림서생(武林書生) 천류영

1

백운회의 일갈에 뇌악천의 양 뺨이 분기로 인해 푸들거리며 경련을 일으켰다. 지켜보는 마교도들도 숨을 죽이고 천마검과 소교주를 번갈아 보았다.

둘은 항상 만날 때마다 아슬아슬한 선까지 티격태격했지만, 결코 그 선을 넘은 적은 없었다. 그러나 지금은 명백하게 천마검이 상대의 목숨을 위협하며 그 선을 넘어 버렸다.

백운회가 이글거리는 눈으로 뇌악천을 쏘아보며 말했다.

"농담 아니다. 나는 너보다 서열이 위다. 또한 이번 사천성 점령의 사령관도 나다. 네가 교주님의 아들이니 그동안

내가 참고 존중해 줬다는 것을 잊지 마라."

"……."

"언제라도 네 작은 실수를 트집 잡아 벌을 내릴 수 있다. 이곳은 정파인들이 가득한 사천성의 한복판. 싸움이 일어났을 때 너를 하극상으로 몰아서 목을 쳐 버릴 수도 있단 말이다."

뇌악천은 충격으로 하얗게 질려 갔다. 천마검이라면 충분히 그러고도 남을 위인이었다.

정파인들과 싸움이 시작됐을 때, 놈은 자신을 사지로 보낼 수도 있었다. 반발한다면 놈은 정말로 칼을 들이밀 것이다.

문제는…… 자신은 천마검의 적수가 되지 않는다는 점이었다. 만약 주변에 보호해 줄 태상장로님이나 장로님이 계시지 않는다면?

뇌악천은 자신도 모르게 침을 삼켰다. 그의 목울대가 꿀렁하며 움직였다.

뇌악천이 너무 놀라 아무 말도 못하자 대신 혈사제 태상장로가 나섰다.

"천마검! 지금 네가 우리 전체를 능욕하려는 것이냐? 예가 어디라고 감히 그딴 망발을 하느냐! 너는 지금 교주님의 아들인 소교주를 네 개인적인 감정으로 죽이겠다고 협박한 것이다. 아무리 교주님께서 너에게 사령관이란 막중한 임무를 맡기셨다고는 하나 이건 명백한 권한남용이다."

계속 침묵하고 있던 황마객 장로가 입을 열었다.

"천마검, 나는 개인적으로 너의 능력을 존중한다. 그러나 지금은 네 실수다."

몽혈비 장로도 끼어들었다.

"과했다, 너무 과했어. 비상시국이라 하나로 뭉쳐도 모자랄 판에 지금 자중지란을 일으키자는 것이냐?"

장로들의 연이은 발언에 백운회가 흐릿한 미소를 짓고는 대꾸했다.

"모두들 비겁하십니다."

"······!"

"상황이 약간 불리해졌다고 충신이며 본교의 손꼽히는 용장을 희생양으로 삼으려는 여러분들은 비겁한 겁니다. 자칫 사천성 점령이 실패로 끝난다면 미리 빠져나갈 구멍을 만들어 놓자는 속셈을 제가 모를 것 같습니까?"

"······."

"자중지란? 바로 여러분들이 일으키고 있지 않습니까? 하나로 뭉쳐 싸워야 하는데, 지금 이게 뭐하는 짓거리란 말입니까? 아직 싸움은 끝난 것이 아닌데, 벌써부터 책임질 희생양이나 찾는 것을 세인들이 안다며 천하가 우리를 한심하다며 조롱할 것입니다."

혈사제 태상장로가 침음하며 눈을 번뜩였다.

"천마검, 정말 끝까지 이렇게 나온다면 노부도 참을 수 없네. 자네의 잘못을 수뇌부 회의에서 묻겠다."

흑랑대주처럼 중형을 선고하겠다는 엄포다. 그러자 백운회가 환한 표정으로 웃었다.

"하하하, 맞습니다. 그렇게 나오셔야지요. 제가 아까 말씀드린 것 기억나십니까? 흑랑대주는 제 명을 받고 출정했다고 말했습니다. 그는 저의 명을 받았으니 정말 책임을 물어야 하는 사람은 바로 접니다. 그런데 왜 엄한 충신을 희생양으로 몰아가는 겁니까?"

충격에 빠져 말문을 잃었던 뇌악천의 눈에 이채가 스쳤다.

"천마검! 지금 네가 스스로의 입으로 말했다. 패배의 책임을 지겠다고!"

백운회가 고개를 주억거렸다.

"물론."

"그렇다면 네가 흑랑대주의 벌을 대신해라!"

"원한다면."

백운회의 말에 뇌악천의 낯빛이 대번에 밝아졌다. 하지만 혈사제를 비롯한 수뇌부의 얼굴엔 곤혹스러운 표정이 어렸다.

어쨌거나 이곳의 총책임자이며 지휘관은 천마검이다. 그의 귀신같은 책략과 놀라운 무공은 사적인 감정을 배제하고 보면 어느 누구보다 탁월하다는 것을 인정하지 않을 수 없었다.

특히나 마불과 사혈강 같은 흑천련의 인물들은 적으로 천마검과 상대한 적이 있기에, 그가 얼마나 두려운 상대인지 잘 알고 있었다.

예상 못한 패배로 구백 명이 넘는 전력이 줄고, 전격적인 당문세가의 정파 합류로 졸지에 궁지에 몰린 상황. 이런 시점에서 천마검은 꼭 필요한 인재였다.

수뇌부뿐만 아니라 흑랑대주도 당황했고, 관태랑과 몽추, 파륵도 눈을 치켜떴다. 지켜보던 마교도들도 아연한 표정을 지었다.

기실 자신들이 궁지에 몰리게 된 상황이지만 큰 우려를 하는 사람은 없었다. 왜냐하면 불패의 명장인 천마검이 자신들과 함께 있었으니까.

지난 십 년간, 이보다 훨씬 더 최악의 상황에서도 천마검은 모든 싸움을 승리로 일구어 낸 역전의 용사였다. 그런데 그런 그가 태형 일백 대를 맞는다면?

상상하기조차 싫은 끔찍한 일이 생길 수도 있었다.

매에는 장사가 없는 법이다. 특히나 형벌을 받을 때에는 내공으로 몸을 보호하는 것이 금지된다.

즉, 그저 육체의 힘만으로 버텨야 한다는 뜻이다. 자칫 천마검이 전력에서 배제되는 상황이 도래한다면 그건 여기 있는 모두에게 악몽이 될 터였다.

흘러가는 분위기를 감지 못한 사람은 뇌악천뿐이었다. 그는 호기롭게 수하들에게 명을 내렸다.

"천마검을 흑랑대주 대신 교판에⋯⋯."

소뇌음사의 마불 부주지가 헛기침을 하고는 끼어들었다.

"흠흠. 소교주. 아무리 그래도 명색이 이곳의 사령관인 천마검이오. 조금 과하다는 생각이 드오."

사혈강도 고개를 끄덕이며 입을 열었다.

"남의 일에 개입하는 건 상례에 어긋나지만, 지금 우리는 한 배를 타고 있소. 그러니 이번 건(件)은 신중할 필요가 있다고 생각하오."

한 번도 입을 떼지 않았던 흑천련의 인사들이 말을 꺼내니 뇌악천의 이맛살이 와락 구겨졌다.

"천마검은 지금 우리 수뇌부를 우롱한 겁니다. 자존심도 없으십니까?"

아무도 대답하지 않았다. 뇌악천은 그제야 자신의 입지를 깨달았다.

태상장로를 비롯해 여기 있는 모두는 아버지인 마교주의 체면을 보아서 자신을 인정해 주는 척 한 것임을. 진심으로 자신을 인정한 사람은 없었다.

순간 말로 형용할 수 없는 지독한 모욕감과 굴욕감이 뇌악천의 머릿속을 가득 채웠다.

그때 백운회가 입을 열었다.

"사실 벌을 받을 생각은 없습니다."

뇌악천이 어처구니가 없다는 표정으로 곧바로 말을 받았다.

"네 스스로 한 말을 어기겠다는 것이냐?"

반박했지만 그의 음성엔 힘이 없었다.

백운회는 그를 보며 피식 웃고는 수뇌부들을 훑으며 말했다.

"당최, 왜 벌을 줄 사람이 필요합니까? 비록 예상보다 피해가 컸지만 우리는 분명 무적의 무림맹 분타라고 불리는 사천 분타를 점령했습니다. 승리했는데 패장이 어디 있으며, 희생양은 왜 찾는 겁니까?"

혈사제가 한숨을 삼키고 응수했다.

"하지만 사천성을 전부 함락해 중원 무림을 침공할 전진 기지로 만들려는 것이 어려워졌네."

"변한 것은 두 가지입니다. 우리의 전력이 줄고, 상대의 전력이 증가했다는 겁니다. 천류영이란 친구 때문에 우리는 많은 손실을 입고, 또한 각개격파 되었어야 할 독고세가, 곤륜 등의 전력은 최소의 피해로 끝났지요. 거기에다가 당문의 개입으로 우리는 청성파와 당문이란 대방파를 동시에 상대해야 합니다."

모두가 눈을 빛내며 천마검을 주시했다. 그의 입에서 위기를 기회로 반전시킬 책략이 나오고 있음을 직감한 것이다.

"점창파도 고려해야 하나, 그곳은 거리가 꽤 머니까 시간이 있습니다."

사혈강이 미간을 좁히며 물었다.

"점창파는 시간적 여유가 있다? 그 말은 설마……."

백운회가 미소를 짓고 말했다.

"점창이 준비하고 이곳으로 오기까지는 빨라야 보름 정도의 시간이 걸릴 겁니다. 그전에 당문세가와 청성파를 무너뜨리면 됩니다. 또한 지금 정파인들은 당문세가의 합류로 우리가 쉽게 움직이지 못하고 장기전으로 갈 것이라 예측하고 있을 겁니다. 그 방심을 노리면 재미있겠지요."

사혈강은 자신의 호흡이 빨라지는 것을 느끼며 물었다.

"그것이 가능하다는 말인가? 우리만으로 보름 안에 당문과 청성을 무너트린다는 것이?"

사혈강의 질문에 거의 모든 이들이 고개를 저었다.

당문은 마음만 먹으면 천하와도 자웅을 겨룰 수 있는 집단이다. 왜냐하면 당문은 독중왕(毒中王)이라는 무형지독(無形之毒)을 가지고 있기 때문이었다.

공포의 백마독(白魔毒)이라고도 불리는 무형지독은, 원래는 하얀 가루 상태로 존재한다.

그러나 몇 차례 격렬히 흔들고 허공에 퍼트리면 일각에서 이각 정도 뒤에는 무형지독이라는 이름대로 형체가 완전히 사라진다.

물론 존재하는 것이 없어진다는 것은 불가능하다.

하지만 땅에 붙은 것은 흙색으로, 나무에 붙은 것은 나무색으로 변하니 알 수가 없는 것이다. 그리고 허공을 부유하는 것은 투명해져 역시 육안으로 식별이 불가능했다.

이것은 호흡으로 중독되는데, 중독자들은 대개 일각 이내에 운기행공을 시작하지 않으면 심장이 멈춰, 즉사한다. 또한 일부는 중독 즉시 사망하는 경우도 있다.

즉, 해독할 수 있는 방법은 두 가지뿐이다.

해독약을 먹거나 최대한 빨리 운기행공을 시작하는 것.

그러니 무형지독을 가지고 있는 당문은 세상의 모든 방파들이 가장 두려워하는 문파 중 하나인 것이다.

숱한 사람들이 무형지독의 해독약을 연구했지만 아무도 성공하지 못했다. 당문세가는 워낙에 폐쇄적인 집단이고, 무형지독에 관해서는 철저하게 보안을 유지했으니까.

청성파 또한 만만한 곳이 아니다.

정파무림을 대표하는 구파일방 중의 하나로 당문세가가 없었다면 사천 무림의 일인자는 당연히 청성파라 할 수 있을 것이다.

일천오백 명이 넘는 숙련된 검사들이 있었고, 청성산 주변 여섯 마을에 있는 속가제자들의 숫자도 오백 명이다. 즉, 싸움이 시작되면 이천 명의 대규모 검사 집단과 맞서야 했다.

반면 마교의 전력은 전부 움직일 수 없는 형편이다. 왜냐하면 사천 분타를 지켜야 할 인원은 상주해야 하니까.

그러니 보름 안에 당문세가와 청성파를 궤멸시키겠다는 말은 비현실적으로 들렸다.

만약 천하의 그 누구든, 이런 말을 한다면 매타작 받기 좋을 터다.

하지만 그렇게 말하는 자가 천마검이었다.

혈사제 태상장로가 사혈강의 질문을 다시 했다.

"천마검. 정말로 그것이 가능하다는 것이냐?"

백운회가 빙그레 웃고는 고개를 주억거렸다.

"제가 청성파를 맡지요."

뇌악천이 코웃음을 쳤다.

"흥! 그러니까 당문세가의 무형지독은 너도 겁난다는 것이군."

혈사제가 뇌악천을 흘낏 보고는 손을 들어 흔들었다. 지금 사소한 감정 싸움은 하지 말라는 경고였다.

혈사제는 다시 천마검에게 시선을 던지며 물었다.

"청성파는 자네가 맡겠다고? 어느 정도의 병력을 차출할 텐가?"

"천랑대 삼백오십만 데리고 가겠습니다."

"……!"

모두의 눈동자가 흔들렸다. 뇌악천도 황당하다는 표정으

로 입을 쩍 벌렸다.

물론 천마검이 이끄는 천랑대는 최강이다. 그러나 이천 명의 검수들이 모여 있는 청성파를 친다는 것은 결코 쉬운 일이 아니다.

십중팔구 패할 것이고, 설사 이기더라도 천랑대는 대부분이 죽을 터였다.

혈사제는 신음을 삼키고 물었다.

"동귀어진(同歸於盡)을 각오하겠다는 것이냐?"

"저나 제 수하들은 해야 할 일이 많습니다. 그런데 왜 함께 죽는단 말입니까? 우리 천랑대는 태반이 죽는 것이 아니라, 거의 모두가 살아서 돌아올 겁니다."

그의 호언장담에 모두가 숨을 들이켰다. 혈사제 역시 충격을 받은 얼굴로 입을 열었다.

"그것이…… 가능하다는 말인가?"

"귀신놀이를 할 것이니까요."

"……?"

혈사제는 자세한 이유를 묻고 싶었다.

그러나 보는 눈이 너무 많았다. 물론 이곳에 적의 간자가 숨어 들어와 있으리라고는 생각할 수 없었다. 그래도 기밀 사항은 공개 석상에서 함부로 물을 수 있는 것이 아니었다.

"귀신놀이라. 나는 전혀 무슨 말인지 모르겠지만, 자네가 그렇게 말한다면…… 타당한 이유가 있겠지?"

"물론입니다."

"그럼 천랑대와 이곳을 지키는 최소한의 인원을 제외하고 우리가 당문을 맡으라는 말인데……."

"그렇습니다."

"방법은?"

모두가 침을 삼키며 천마검에게서 눈을 떼지 않았다.

백운회는 품속에서 염낭을 빼어 들었다. 그리고 주머니 끈을 풀자 크기가 다른 돌들이 손바닥으로 쏟아졌다.

혈사제가 물었다.

"그게 뭔가?"

"보시는 바와 같이 돌멩이입니다."

"……?"

백운회는 돌멩이를 교판 위에 하나씩 두었다. 그리고 가장 큰 돌멩이를 바닥에 놓고 그 위로 신중하게 돌탑을 쌓았다.

그렇게 일곱 개의 돌들로 구성된 돌탑이 완성되었다.

백운회는 혈사제를 보며 물었다.

"어떻습니까?"

"음……. 미안하지만 나는 자네가 무슨 말을 하려는지 도통 감이 오지 않는군."

"돌탑을 한 번에 부수는 방법. 그것에 당문을 무너뜨리는 해답이 있습니다."

"음……."

혈사제는 다시 한 번 깊은 신음을 흘렸다. 역시 이번에도 세세한 것은 자리를 옮겨 물어야 했다.

질식할 것만 같은 정적이 흘렀다.

천마검의 말을 정확하게 파악할 수 없었다. 하지만 한 가지만큼은 알 수 있었다.

천마검은 난국을 헤쳐 나갈 의지와 묘책을 가지고 있다는 것을!

백운회는 수뇌부를 천천히 훑고는 말했다.

"흑랑대주는 아직 완쾌하지 못했습니다. 이제 그만 돌아가서 치료에 전념하라고 하는 것이 어떻겠습니까?"

계단 위에 있는 수뇌부들은 서로 얼굴을 마주 보았다. 뇌악천을 제외한 모두의 입가에 쓴 미소가 어렸고 고개를 끄덕이며 의견 일치를 보았다.

혈사제 태상장로가 입꼬리를 올리며 말했다.

"천마검 사령관의 뜻이 그렇다면 누가 반대하겠는가?"

그 말에 가슴 졸이며 지켜보던 몽추와 파륵이 번쩍 양손을 치켜들며 눈물을 토해 냈다.

비록 수뇌부들이 지켜보고 있어서 환호성을 지르지는 못했지만, 그건 무언의 함성이었다.

백운회가 그 둘을 보며 싱긋 웃고는 말했다.

"흑랑대주를 모시고 돌아가라."

"예, 천랑대주님."

"이 은혜. 결코 잊지 않겠습니다."

가만히 지켜보던 흑랑대주는 하나 남은 눈으로 백운회를 보았다. 그는 아무 말도 하지 않고 살짝 목례만 취했다.

그러나 백운회는 알 수 있었다.

흑랑대주가 완전한 자신의 사람이 되었음을.

몽추와 파륵이 초지명을 데리고 사라지자 혈사제가 천마검을 향해 말했다.

"천마검. 우리는 앞으로의 일에 대해 더 이야기를 나누었으면 하는데…… 괜찮겠나?"

귀신놀이, 돌탑.

궁금한 것을 풀고 싶다는 뜻이다.

백운회가 고개를 끄덕이고는 계단을 올랐다. 그리고 수뇌부를 지나쳐 당당하게 걸었다.

백운회의 뒤로 여섯 수뇌부가 조용히 따랐다.

앞장 서 걷는 백운회의 눈에 빛이 일렁였다.

'천류영. 이번에도 나를 막을 수 있겠느냐?'

그의 입가로 진득한 미소가 걸렸다.

2

하늘에 새털구름이 가득 깔렸다. 천공의 중심에 자리한 태양은 엷은 구름 뒤에서 희미한 햇살을 뿌렸고, 바람은 선선했다.

덜컹!

마차바퀴가 돌부리에 걸려 잠시 흔들렸으나 다시 쾌속하게 돌았다.

뒷머리를 끈으로 묶은 말총머리의 풍운은 맞은편에 앉아 있는 천류영을 물끄러미 보았다.

마차 안에서 창밖을 보고 있는 천류영.

지금 사륜마차는 천류영의 가족이 있는, 사한현이란 곳으로 가는 중이었다.

풍운은 천류영이 자신의 호위가 되란 제의를 수락한 것이다. 기실 그건…… 암묵적인 강요가 일조했다.

당시 천류영의 제안을 거절했다가는 주변에 있는 모든 이들이 '감히 네가, 우리 모두의 생명을 구해 준 은인의 부탁을 거절해?' 라는 야유와 고함이 빗발칠 것이 뻔했기 때문이었다.

물론 협박 따위에 굴복할 풍운이 아니다. 그럼에도 불구하고 풍운이 천류영의 호위를 수락한 진짜 이유는 두 가지였다.

첫째로는 호기심과 궁금증이다.

천류영이 나타나 보여 준 언행들은 풍운에게도 놀라움을

선사했다. 무슨 이런 사람이 있나 싶을 정도였다. 그래서일까? 옆에서 지켜보고 싶다는 호기심이 든 것은. 그리고 풍운에게 더욱 충격을 준 건 자신에게 던진 질문이었다.

'당신이 흑랑대주를 상대했다면 결과가 어떻게 나왔을까요?' 라는 물음.

천류영.

그는 자신의 실력을 진짜로 눈치챈 것일까? 아니면 야차검의 말처럼 기본 검술로만 움직였던 것이 깔끔하고 멋들어져 보여 착각한 것인지 궁금했다.

두 번째 이유로는 책사의 호위가 된다면 불필요한 싸움을 하지 않아도 될 것이란 판단 때문이었다. 전장에 나가더라도 후위에서 지휘할 천류영 옆에 찰싹 붙어 있기만 하면 될 것이 자명했다.

풍운.

그는 가공할 힘을 숨기고 있지만 그 힘을 쓰는 것을 극도로 싫어했다.

천류영은 자신을 뚫어지게 보는 시선을 느끼고는 고개를 돌려 풍운을 마주 보았다.

"왜? 할 말이라도 있어?"

천류영은 풍운에게 말을 텄다. 다섯 살이나 어린 호위에게 존대를 하는 건 주변 사람들이 보기에 어색하다고 풍운이 부탁한 것이다.

"저뿐만 아니라 세상의 숱한 사람들이 천류영 형님에게 묻고 싶은 게 한 보따리일 걸요?"

"그래? 그들을 일일이 찾아다니며 의문을 풀어 줄 수는 없는 노릇이지만 앞자리에 앉은 네 궁금증이야 해결해 줘야지. 궁금한 거 있으면 물어봐."

"호오! 뭐든지 다 대답해 줄 건가요?"

"지극히 사적인 것만 아니라면."

천류영의 허락이 떨어졌다.

그러나 풍운은 질문할 수가 없었다. 왜냐하면 천류영 옆에서 꾸벅 졸고 있던 독고설이 갑자기 눈을 뜬 것이다.

다시 남장으로 분해, 절세 미남자의 모습을 하고 있는 그녀는 천류영을 보며 입술을 뗐다.

"나도 묻고 싶은 거 있는데……."

천류영은 당황했다.

"자고 있는 것 아니었습니까?"

독고설의 표정이 찰나 경직됐다. 천류영 곁에 앉아 있으니 자꾸만 심장이 쿵쾅거리는 것이 기분이 이상했다. 그래서 아예 눈을 감고 잠을 자는 척 했던 것이다.

그녀는 어색한 미소를 지으며 말했다.

"좀 전에 깼어요."

천류영은 방금 전 돌부리에 마차가 흔들렸다는 것을 상기하고는 고개를 주억거리며 대꾸했다.

"물어보십시오."

"……."

독고설은 갑자기 꿀 먹은 벙어리가 돼 버린 자신을 발견했다. 묻고 싶은 것이 너무 많았다. 그에 관한 모든 것이 다 궁금했다.

그렇게 질문할 것이 많으니 정작 무엇을 물어야 할지 떠오르지 않았다.

묘한 정적이 흘렀다.

천류영은 독고설을 빤히 보며 질문을 기다렸고, 독고설은 무슨 질문을 해야 하나 고민을 거듭하며 멍하니 있었다.

결국 천류영이 고개를 갸웃거리며 그녀를 불렀다.

"독고 소저?"

"……."

"독고 소저!"

"예?"

"묻고 싶은 것이 있다고 하지 않으셨습니까?"

"아! 그, 그렇죠. 그런데 생각해 보니 별거 아닌 것 같아서요."

독고설은 급히 고개를 반대편으로 돌려 창밖을 보았다. 왠지 얼굴이 화끈거렸다.

자칫 그가 자신을 부르지 않았다면 큰 실수를 했으리라. 그건 황당하게도 좋아하는 음식은 무엇이냐고 물으려 했던 것이다.

대체 지금 왜?

그딴 같잖은 질문이 떠오르는지 스스로 생각해도 어처구니가 없고 부끄러웠다.

고개를 돌려 버린 독고설을 보며 천류영은 살짝 눈살을 찌푸렸다. 앞으로 독고세가에 의탁해 살아가려면 독고설과 척을 지는 것은 현명한 선택이 아니다.

그런데 요 며칠, 위령제를 지내는 내내 그녀는 자신과 마주칠 때마다 차갑게 외면했다.

천류영은 자신이 그녀에게 무슨 실수라도 한 것이 아닐까라는 생각에 연신 머리를 굴려 보았지만, 전혀 답을 알 수 없어 답답했다.

먼저 독고세가로 들어오라 권유할 때는 언제고, 함께하겠다 결정하니 갑자기 찬바람만 분다.

거기다 만류에도 불구하고 귀향길 전날에 자원해서는 억지로 따라나서기까지.

순간 천류영의 눈에 이채가 스쳤다.

'날 감시하는 건가?'

천류영은 문뜩 든 생각에 고개를 끄덕였다. 자신이 천마검에게 귀순할 가능성을 염두에 두고 있을 공산이 컸다. 그녀는 천마검이 자신에게 모든 것을 주겠다고 했던 말을 옆에서 다 들었으니까.

천류영은 그녀가 자신을 믿지 못한다는 생각에, 씁쓸한 눈빛으로 풍운에게 고개를 돌렸다.

"자, 그럼 풍운 네가 물어봐. 뭐가 궁금하지?"

기다렸다는 듯이 풍운의 입에서 질문이 나왔다.

"저는 강하지 않습니다. 그런데 왜 저를 호위로 지목하신 거죠? 만약 형님에게 위험한 일이 생기면 지켜 드릴 수 있다고 장담할 수 없단 말입니다."

"이미 결정 나고 끝난 일이잖아. 그러니까 그 얘긴 그만 하자."

천류영이 부드럽게 말했다.

그러자 그의 낭랑한 음성이 더욱 달콤해져 풍운은 자신도 모르게 고개를 끄덕일 뻔했다가 화들짝 정신을 차렸다. 정말이지 마성의 목소리였다. 오죽했으면 고개를 돌렸던 독고설까지 천류영을 곁눈질했을까.

"형님! 이건 간단히 넘어갈 사안이 아니에요. 지금만 봐도 그렇잖아요. 독고가주님께서는 이번 길에 독고설 아가씨를 비롯해서 많은 호위를 붙여 주셨어요. 저 같은 못미더운 호위를 왜 형님만 고집하는지 이해가 가지 않아서 말이죠."

풍운의 말대로 마차의 뒤에는 스무 명의 무사들이 말을 타고 따르고 있었다. 게다가 지금 마차를 모는 마부는 야차 검 조전후였다.

조전후.

그는 마차를 모는 단조로운 일에 희열을 느끼는 묘한 취미를 가지고 있었다.

지난 며칠 그와 함께하면서 천류영은 혼돈을 느꼈다.

어느 때는 한없이 진중했다가 때로는 개구쟁이처럼 촐랑거리기도 했다. 감정의 편차가 상당히 컸는데, 독고세가의 한 장로가 아이처럼 순수해서 그런 것이라 귀띔을 해 주었다.

흉신악살 같이 생긴 야차검이 순수하다는 말은 황당하게 들렸지만 결국 천류영은 그 장로의 말에 동의할 수밖에 없었다. 그 말에 공감하지 않는다면…… 조전후는 정신병자라고밖에 볼 수 없을 테니까.

풍운의 정색 어린 말에 천류영은 입맛을 다시며 말했다.

"나도 독고가주님께서 이리 많은 호위를 붙여 주실 줄은 몰랐다. 나는 너 하나면 되는데……."

"형님. 정말 제가 흑랑대주와 대적할 만큼 강하다고 생각하는 건 아니죠?"

풍운의 질문에 힘이 담겼다. 자신이 제일 궁금해하는 것이었으니까.

천류영은 살짝 아랫입술을 깨물었다. 이유는 알 수 없지만 풍운은 자신의 힘을 드러내고 싶어 하지 않는다.

인과법칙(因果法則).

어떤 일이나 결과에는 반드시 원인이 있다.

풍운의 이러한 언행에는 무슨 까닭이나 사연이 있을 것이다. 그것을 알지도 못하면서 왜 저번의 싸움에서 전력을 다하지 않았냐고 비난하고 캐물을 수는 없다고 여겼다. 또한 풍운이 시치미 떼면 자신만 바보가 될 것이다.

"풍운아. 그 이유가 그렇게 궁금하냐?"

"당연하지요. 저도 사람인데 모든 사람들이 저를 한심한 호위로 보는 것이 불편하다고요."

새빨간 거짓말이다. 사실 사람의 이목 따위는 딱히 신경 쓰지 않는다. 그러나 풍운은 정말로 곤혹스럽다는 표정을 얼굴 위로 역력하게 드러냈다.

이 정도는 해 줘야 천류영이 자신을 선택한 이유를 말할 것이리라. 숨기고 있는 자신의 능력을 정말로 간파한 것일까?

천류영은 난감한 표정을 지으며 물었다.

"다른 사람의 눈이 뭐가 그리 중요하냐? 나는 그저 네가 내 호위의 적임자라고 생각한 것뿐인데."

"그러니까 왜? 저냐는 말이죠. 훌륭하고 강한 사람들도 많은데……."

"독고가주님께서 말씀하셨잖아. 너의 기본기가 완벽하다고."

"……?"

"나도 이제 무림에 들어섰으니 무공을 배워야지. 그렇다면 완벽한 기본을 자랑하는 너에게 틈틈이 조언을 좀 얻으려고 옆에 둔 거다. 암! 기본이 중요하지. 그리고 나보다 나이가 많은 분을 호위로 두기는…… 영 어려워서 불편할 것 같거든."

풍운은 어이가 없어서 말문을 잃었다. 스물다섯의 나이에 무공에 입문하겠다는 말이 너무 터무니없었기 때문이다. 또한 고작 그런 이유로 자신을 선택했다는 것도 황당했다.

"정말 그게 이유의 전부예요?"

"그럼. 그거보다 더 중요한 이유가 뭐가 있겠냐?"

어깨를 으쓱하며 대답하는 천류영을 보며 풍운의 눈꼬리가 가늘어졌다. 뭔가 이상한데 콕 집어서 '이거다!' 라고 말할 건더기가 없었다.

결국 보다 못한 독고설이 끼어들었다.

"정말 무공을 배울 생각인가요? 그 나이에?"

그녀는 기가 막혀서 약간 짜증도 일었다. 이건 자신들처럼 칼밥을 먹고 사는 모든 무인들을 우롱하는 처사였다.

천류영이 눈에 힘을 주며 주먹까지 불끈 쥐었다.

"예, 배워야지요. 배움에 나이가 문제가 됩니까? 중요한 것은 의지 아닙니까? 의지!"

독고설은 이마에 손을 얹고는 짙은 탄식을 뱉었다.

"하아아. 제가 어지간해서는 뭔가를 배우려는 사람에게 딴죽을 거는 사람은 아니에요. 하지만 내공심법은 고사하고 흔한 토납술(吐納術)도 익히지 않은 천 공자는 혈도가 탁기로 꽉 막혀 있어요. 혈도를 뚫기엔 너무 나이가 들어서 불가능하고요. 그런 천 공자가 지금 무공을 배우겠다는 것은 낙타가 바늘구멍으로 들어가겠다는 것과 다를 바 없어요."

풍운도 맞장구를 쳤다.

"독고 아가씨의 말씀이 옳습니다. 배움에 때가 있느냐고 물으셨지요? 예, 죄송하지만 있습니다. 더구나 무공의 세계는 더욱 그렇습니다."

다시 독고설이 말을 받았다.

"만약 순진하게, 죽어라 열심히 수련해서 고수의 반열에 오를 수 있다고 생각한다면 천 공자는 세상에서 가장 오만하고 어리석은 사람이에요."

독고설과 풍운이 단단한 표정으로 천류영을 몰아붙였다.

원래 그 둘은 가까운 사이가 아니다. 며칠 전까지만 해도 생판 모르던 남이었다. 그래서 이동하는 내내 마차 안에서도 딱히 대화가 없었다.

하지만 지금은 공동의 적에 맞서기 위해, 찰떡궁합을 이루며 한편이 되었다. 천류영은 자신을 상대하기 위해 삽시간에 친해진 둘을 보며 어이가 없어서 실소를 흘렸다.

그 표정을 오해한 독고설이 발끈했다.

"지금 우리들의 조언을 무시하는 건가요? 그렇게 무공이란 것이 만만해 보여요? 만약 내공 고수가 아닌 외공 고수를 꿈꾼다 하더라도 오산이에요. 외공으로만은 고수가 되기 거의 불가능하니까요. 또한 수련은 곱절은 더 힘들고요."

풍운도 고개를 도리질치고는 말했다.

"형님의 재주는 문(文)에 있지, 무(武)가 아닙니다. 왜 하늘이 내려 준 재능을 살릴 생각을 하지 않고 엉뚱한 곳에서 방황하려는 건지…… 저는 정말이지 이해가 가지 않습니다."

듣고만 있던 천류영이 마침내 입을 열었다.

"하늘이 내려 준 재능이라……. 글쎄, 그건 잘 모르겠다. 내가 정말 책사로서 재주가 얼마 만큼인지 수량화할 수 있는 것도 아니고."

그는 시선을 창밖으로 던지며 말을 이었다.

이번엔 풍운뿐만 아니라 독고설에게도 하는 말이었다.

"그리고 두 사람은 착각을 하고 있습니다. 저는 고수가 되려는 것이 아니에요. 지금 있는 제 자리에서 할 수 있는 최선을 다하려는 것뿐입니다."

낭랑한 목소리가 마차 안을 휘돌았다. 독고설은 고개를 갸웃거리며 물었다.

"무공을 배우는 이들은 모두 고수를 꿈꾸는 것인데, 그게 아니라면 왜 사서 고생을 하겠다는 거죠? 결과가 시원치 않을 게 뻔한데."

무언가를 공부한다는 것은 높은 곳을 꿈꾸며 하는 것이

다. 어느 누구도 바닥을 목표로 공부하지는 않는다.

천류영은 진지한 어조로 답했다.

"모두가 최고를 꿈꾼다고 다 장원이 되는 건 아닙니다. 차석도 있고, 중간도 있고, 말석도 있지요. 최고라 해도 그 밑에 있는 사람들이 있기에 존재할 수 있는 것 아닙니까?"

"⋯⋯?"

"저는 다만 잠깐이라도 저를 지킬 수 있는 힘이면 족합니다. 탈진한데다가 중상까지 입은 흑랑대주가 저를 죽이려고 했을 때 기억나십니까?"

어찌 그 순간을 잊겠는가.

흑랑대주의 시퍼런 청룡극을 앞에 두고 모든 것을 버린 듯 초연한 모습으로 하늘을 올려다보는 천류영의 모습은 그녀의 눈에 그리고 머리에 각인이 되어 지금도 생생했다.

그건⋯⋯ 그녀가 본, 세상에서 가장 슬픈 장면이었다.

독고설은 그때 마치 자신이 죽는 것 같은 아픔을 느꼈다. 마치 비수가 자신의 심장을 찌르는 것 같았다. 너무나 절박하고 아파서 어서 피하라는 외침조차 하지 못했을 정도였다.

천류영은 몇 차례 한숨을 뱉었다가 말을 이었다.

"저는 그때 아무것도 못했습니다. 죽음을 받아들였지요. 그런데⋯⋯ 칼을 들 힘조차 없는 이들이 제 앞을 막아섰습니다. 그리고 저를 지켜 주었어요."

천류영의 음성이 조금씩 떨렸다.

"제가…… 탈진한 흑랑대주의 청룡극을 몇 합만이라도 막아 낼 수 있었더라면…… 아까운 생명들이 저로 인해서 그렇게 허망하게……."

천류영은 말끝을 잇지 못했다. 창밖을 보는 그의 눈시울이 어느새 붉었다.

독고설과 풍운은 그런 천류영을 보며 아무 말도 하지 못했다. 위령제에서 천류영이 오열하던 순간이 떠올랐다. 그런 천류영을 보면서 독고설을 비롯한 사람들은 의아해했었다.

자신들이야 알고 있던 가까운 사람들을 잃었다지만 천류영은 아무 관계도 아닌 사이라고 할 수 있었다.

그러나…… 지금 보니 아니었다.

비록 짧은 시간을 함께했으나 천류영은 진심으로 그들의 죽음을 애통해하고 있었다. 그 이유가 지금 명백하게 드러났다.

마차 안이 갑자기 숙연해졌다. 그리고 마차 밖에서 말을 몰고 있던 조전후는 눈물을 줄줄이 흘리며 낮게 중얼거렸다.

"우리 천 공자. 불쌍해서 어쩌누."

다행히 마차는 최선두에서 달리고 있어 그가 우는 모습은 아무도 보지 못했다.

한참의 정적이 흘러갔다.

천류영은 한차례 심호흡으로 마음을 추스르고는 둘을 보았다.

"저는 거창하게 고수의 경지까지 오르려는 것이 아닙니다. 하지만 제가 할 수 있는 최선의 노력을 해서 아까운 생명이 덧없이 사라지는 것을…… 조금이라도 줄일 수 있다면 좋겠습니다."

"……."

"그것이면 족합니다. 생명은…… 그 누구에게나 소중한 것이니까요. 물론 강호에서, 그리고 전장에서 이런 말은 사치란 것을 잘 압니다. 그러나 내가 약해서, 나 때문에 죽을지도 모르는 사람을 한 명이라도 살릴 수 있다면 충분한 의미가 있다고 생각합니다."

풍운은 충격 받은 얼굴로 천류영을 뚫어지게 보았다. 독고설 역시 입술을 꾹 깨물고 천류영을 보다가 묘한 한숨과 함께 창밖으로 시선을 던졌다.

무림에 사는 사람들은 죽음을 벗하고 산다. 언제라도 죽을 준비가 되어 있는 사람들이 바로 무사다. 그러나 아무리 그렇더라도 죽고 싶은 사람은 없다.

그렇기에 천류영의 말이 자신들의 가슴속에 화인처럼 찍혔다.

죽음.

늘 두려우면서도 어쩔 수 없는 순간이 오면 기꺼이 받아들여야 한다고 다짐하는 삶. 그게 당당한 무인의 인생이다.

그런데 천류영은 그런 순간이 오더라도 죽음을 받아들이되 잠시만 미루자고 말하고 있었다.

자신이 아닌 동료를 위해서.

내가 아닌 우리를 말하는 천류영을 보면서 가슴속에서 뭔가가 울컥하고 치밀었다. 독고설과 풍운은 자신도 모르게 생각에 빠져들었다.

천류영의 말은 많은 생각꺼리를 제공했다.

특히나 강해지려는 이유, 혹은 욕망의 근원을 송두리째 흔드는, 일종의 화두였다.

조용한 침묵의 시간이 반 각쯤 흐르고 난 뒤, 풍운이 말문을 뗐다.

"형님은 참 좋은 분이군요. 무림과는 전혀 어울리지 않는."

천류영이 뒤통수를 긁적이며 말했다.

"그런…… 가? 하지만 어쩌겠어? 이젠 무림에서 살아야 할 팔자인데."

"그럼 얼마만큼 강해지고 싶으신 겁니까? 고수를 꿈꾸는 것은 아니더라도 어느 정도 구체적인 목표는 있을 것 아닙니까?"

풍운은 정색하고 질문을 던졌다. 그에 고개를 돌렸던 독고설이 흥미롭다는 표정으로 다시 두 사내를 보았다. 천류영도 풍운의 진지한 물음에 눈을 빛내며 대꾸했다.

"풍운. 너만큼."

"……!"

풍운의 눈동자가 거칠게 흔들렸다.

그가 당황한 기색을 비추자 천류영이 곧바로 말을 이었다.

"왜 그렇게 놀라? 너처럼 기본세를 완벽하게 펼치게 된다면 원이 없겠단 말일 뿐인데. 그건 굳이 내공이 필요하지 않을 테니까."

풍운은 뜻 모를 한숨을 뱉으며 한 손으로 자신의 얼굴을 한차례 쓸었다. 그러고는 피식 웃었다가 이내 힘주어 말했다.

"그 정도라면 제가 도와줄 수 있습니다."

풍운의 말에 옆에서 지켜보던 독고설은 고개를 끄덕였다.

약간의, 그러나 꾸준한 수련을 통해 몸을 단련하는 것은 좋은 일이라 생각했다.

솔직히 지금 천류영의 체력은 정말 저질이었으니까.

물론 평범한 사람을 기준으로 보면 나쁘다고 할 수는 없었다. 그러나 천류영이 앞으로 살아가야 할 곳, 무림에서는 가장 바닥이라고 해도 무방할 터였다.

또한 검술에 대해 완전히 무지한 것보다야 휘두르는 방법 정도는 익히고 있는 것도 나쁘지 않을 것이다.

천류영의 말처럼 위기의 순간 단 일 초식이라도 적을 막아 낼 수 있다면 살아날 수 있는 요행이 생길 수도 있는 법이다.

천류영이 반색했다.

"고맙다. 네가 도와줄 것이라 믿었어."

"뭘요. 곧 포기할 텐데요. 하지만 호기심은 드네요. 형님이 언제까지 버틸 수 있을지. 저는 개인적으로 형님의 모든 것이 다 궁금하거든요."

풍운의 눈에서는 짓궂은 빛이 일렁였다. 그러나 천류영은 그것을 보지 못하고 흥분한 어조로 말했다.

"하하하. 끝까지 가지 못하더라도 가는 만큼은 남겠지."

"검술을 배우기 전에 형님은 체력부터 단련해야 합니다."

"그렇지. 나도 좀 튼튼해져야지."

천류영이 고개를 끄덕이며 동의하자 풍운이 창밖으로 고개를 내밀어 외쳤다.

"잠시만 마차를 멈춰 주십시오."

풍운의 외침에 조전후가 가타부타 말없이 말고삐를 잡아당겼다.

삐걱.

풍운은 마차의 문을 열고 천류영에게 말했다.

"내리세요."

"응?"

당황하는 천류영에게 풍운이 씩 웃고는 경쾌하게 말했다.

"뛰시란 말입니다. 체력 단련, 안 할 겁니까?"

"지, 지금부터?"

천류영의 눈이 동그래지고 풍운의 미소는 짙어졌다.

"스물다섯부터 무공수련을 시작했다는 무림인 얘기는 들어 본 적이 없습니다. 그렇게 한참 늦게 시작하면서 그런 한가한 말씀이 나옵니까?"

"……."

"내리세요. 그리고 뛰세요."

"저기…… 일단 가족을 만난 다음부터 시작하면 안 될까? 집에 도착하자마자 뻗어 버릴 수는 없는 노릇이잖아."

"어서요."

풍운의 단호한 말에 독고설은 아랫배를 움켜잡고 터져 나올 것 같은 웃음을 가까스로 참았다. 하지만 천류영이 울상을 짓고 마차를 내리는 모습에 결국 폭소를 터트렸다.

"호호호. 호호호."

그녀의 웃음에 천류영은 입맛을 다셨다. 그리고 풍운은 어깨를 으쓱하며 독고설에게 말했다.

"아가씨. 이건 어디까지나 천류영 형님이 원한 것이니 행여, 오해 없으시기 바랍니다."

독고설이 고개를 끄덕이며 대꾸했다.

"암, 그렇지. 굴리는 김에 제대로 굴려. 아! 그리고 그냥 누나라고 불러도 돼."

풍운과 독고설.

둘의 눈이 허공에서 마주쳤다. 둘은 하나의 공통 목표를 이 순간 가졌다.

천류영이 무공을 익히려는 뜻은 숭고하다.

하지만 그렇다고 아무렇지도 않게 무공을 익히겠다고 말하는 오만함은 무사의 자존심을 자극한 것이다.

둘은 무공 수련의 길이 얼마나 힘든 것인지 이번 기회에 알려 주리라 단단히 별렀다.

천류영의 무공 입문은 이렇게 소소한 복수극으로 시작되었다.

*   *   *

독고무영과 능운비는 당문세가의 손님을 받는 접객실에서 차를 마시며 한 사람을 기다렸다.

당문세가의 가주, 독수(毒手) 당철현(唐鐵玄).

강호에서 가장 신비로운 사람 중 한 명인 그의 나이는

무려 아흔셋이다.

다른 사람이라면 진작 금분세수를 하고 은퇴를 했겠지만, 그는 여전히 당문의 수장으로서 건재했다.

능운비는 비어진 찻잔을 보며 한숨을 삼켰다.

당철현을 기다린 지 어느새 이각이란 시간이 넘어가고 있었다.

강호의 대선배라고는 하지만 이건 명백한 비례(非禮). 전날 방문하겠다는 통보를 하고 약속 시간을 받았다. 마중은 고사하고 만나는 시간은 지켜야 하는 것 아닌가?

결국 능운비가 옆에 앉은 독고무영에게 분기탱천해서 말했다.

"독고가주님. 이건 너무 심하지 않습니까? 저야 그렇다 하더라도 가주님은 팔대세가 중 하나인 독고세가의 수장이신데……."

눈을 감고 팔짱을 끼고 있던 독고무영이 쓴웃음을 지었다. 그는 눈을 뜨고 앞에 놓인 빈 찻잔을 보며 입을 열었다.

"나는 괜찮네. 독수 어르신은 나에게도 배분 높은 선배이잖나."

"강호의 선후배 사이를 떠나서, 지금은 단체의 수장으로 회담을 위해 온 것입니다."

평소의 능운비와는 달리 꽤나 신경질적이었다. 독고무영은 그 이유를 잘 알고 있었다. 천마검에게 허무하게 당해 버린 일과, 많은 수하들을 잃은 자괴심 때문이었다.

격려를 해 주고 싶었지만 결국 능운비 스스로 딛고 일어서야 할 문제였다. 또한 이런 일은 다른 일들과 마찬가지로 시간이 약이었다.

"배분도 배분이지만 당문세가는 힘이 있네. 오만할 자격이 있지. 그게…… 우리가 사는 강자존(强者尊)의 무림이란 곳이 아닌가? 허허허."

강한 자만이 존중 받는 세상이 바로 강호다. 독고무영이 그것을 지적하자 능운비는 할 말이 없었다.

사실 무림에서 명분이니 예의니 시시콜콜 따지는 것은 스스로 약자란 것을 자인하는 것뿐이다.

강하면 부귀영화가 따라오고 없던 예(禮)도 생긴다. 강호에서 대우받고 싶으면 강해지면 된다. 명분은 만들면 되지만 힘은 그렇지 않았다.

무림에서 영원 유일의 법칙은 바로 힘이었다.

잠시 후, 접견실의 문이 열리며 자신들을 이곳으로 안내했던 중년의 청지기가 들어왔다. 그는 따뜻한 찻물이 담겨 있는 찻병을 탁자 위에 내려놓으며 말했다.

"저희 가주님께서 많이 기다리게 해서 미안하다는 말을 전하셨습니다."

능운비가 그를 보며 불쾌한 기색으로 물었다.

"오늘 우리를 만나실 시간은 되시는 것인가?"

"예. 일각 안에 오신다 하셨습니다."

독고무영이 청지기를 보며 미소를 지으며 말했다.

"혹시 무슨 급한 일이라도 생긴 건가?"

청지기가 난처한 표정을 지으며 뒷목을 긁었다.

"갑자기 다른 손님이 오시는 바람에……."

그의 말에 독고무영과 능운비의 눈썹이 동시에 꿈틀거렸다. 능운비는 입술을 질끈 깨물었다가 말했다.

"대체 어떤 귀한 분이 오셨기에 독수 어르신께서 선약을 미루면서까지 그분을 만나시는 건가?"

청지기는 고개를 폭 숙이고 아무 말도 하지 못했다. 그 모습에 독고무영이 웃었다.

"허허허. 애꿎은 사람에게 우리가 화를 낸 꼴이군. 알았네, 기다릴 터이니 천천히 일 보고 오시라고 전하게."

청지기가 한숨 돌렸다는 낯빛으로 허리를 폭 숙이고는 물러났다. 그가 나가기 무섭게 능운비가 독고무영을 향해 말했다.

"누굴까요?"

"글쎄…… 그걸 내가 어찌 알겠나?"

독고무영은 찻병을 들어 능운비의 찻잔에 차를 채우고는 자신의 잔도 채웠다. 그리고 화제를 돌렸다.

"천 공자는 지금쯤 사한현에 당도했겠군."

천류영 얘기가 나오자 굳어 있던 능운비의 표정이 대번에

환해졌다.

"그렇겠군요. 잘 도착했겠지요?"

"본가의 최정예로 호위를 붙였으니 별일이야 있겠는가? 그러고 보니 자네에게 설이와 야차검을 호위로 내어 줘서 고맙다는 말도 못했군."

비록 완전히 망가진 현무단이라고 해도 아직까지 독고설과 조전후는 명백히 무림맹 현무단 소속이었다.

능운비가 손사래를 쳤다.

"별말씀을 다 하십니다. 마음 같아서는 제가 직접 가고 싶었습니다."

"허허허, 그런가?"

"참, 천 공자가 독고세가에 몸을 의탁하기로 했다는 얘기를 들었습니다. 감축드립니다. 그런 인재를 얻으셨으니 앞으로 독고세가의 앞날에 서광이 비추는 것 같습니다."

"고맙군."

천류영 얘기에 무겁던 접견실의 분위기가 밝아졌다.

독고무영은 찻잔을 들어 차를 한 모금 마시고는 걱정스러운 얼굴로 말했다.

"그나저나 한 대협이 걱정일세."

그 말에 능운비의 낯빛에 다시 그늘이 내려섰다.

무적검 한추광.

그는 사흘 전에 깨어났지만, 두문불출하며 칩거 중이었다.

"예, 충격이 큰 것 같습니다. 흑랑대주를 감당하지 못했으니 그보다 더 강하다는 천마검이 막막하겠지요. 사문의 원수를 갚겠다고 별러 왔는데…… 천마검보다 한 수 아래라는 사실을 받아들이기 힘들 겁니다."

말을 마친 능운비는 자조의 웃음을 깨물었다.

사실 자신도 참담하기는 마찬가지였다. 다만 천마검에게 너무 허망하게 박살 난 터라 승부욕조차 일지 않았다. 그저 허탈할 뿐이었다.

능운비는 눈앞에 놓인 찻잔을 양손으로 힘껏 감싸 쥐며 말했다.

"천마검은 대단한 자입니다."

능운비는 말을 하면서 팔등에 소름이 이는 것을 느꼈다. 정말이지 천마검이 현무단 삼조를 통과해 자신에게 달려들던 모습은 생각만으로도 모골이 송연해질 정도였다.

독고무영이 심각한 어조로 고개를 끄덕였다.

"그렇지. 아주 위험한 인물이야."

"그래서 천 공자가 더 대단하게 느껴집니다."

그들이 천류영과 천마검을 소재로 삼아 대화를 나눈 지 이각쯤 지났을까? 밖에서 인기척이 났다.

독고무영과 능운비가 자리에서 일어나자 문을 열고 한 사람이 안으로 들어섰다. 선두에 선 백발의 노인이 엷은 미소를 지으며 탁자 앞으로 성큼 걸어왔다.

당문세가의 가주, 독수 당철현이다.

독을 다루는 사람의 특성인 음습한 기운이 느껴졌다.

뭉툭한 사각 턱 밑으로 잿빛 수염이 풍성했고, 뺨 곳곳에 검버섯이 피어나 있었다. 그러나 뭐니뭐니 해도 당철현의 신체 중에서 가장 눈길을 끄는 곳은 그의 손이었다.

손톱 끝부터 팔꿈치까지, 보랏빛과 묵빛이 뒤엉켜 마치 징그러운 뱀을 보는 것 같았다. 독수(毒手)란 별호가 있게 한 특징이었다.

"많이 기다리게 해서 미안하네. 현무단주는 작년에 봤고, 독고가주는 한 십 년 만에 보는 건가? 여전히 정정해 보이는군. 아! 이 아이를 만나느라 좀 늦었네."

독고무영과 능운비는 당철현을 뒤따라오는 이를 보고는 눈을 치켜떴다.

스물일곱 살의 차가운 눈빛을 가진 미녀.

무림맹 우군사, 빙봉(氷鳳) 모용린(慕容璘)이다.

정파무림의 후기지수 중 문무를 겸비한 오룡삼봉 중 일인이다. 문무를 겸비했다고는 하지만 아무래도 한쪽으로의 쏠림이 있기 마련이다.

검봉 독고설이 무(武)에 더 치우쳤다면, 빙봉 모용린은 문(文) 쪽이었다.

모용세가가 자랑하는 천재로, 한 번 본 것은 곧바로 암기하는 것으로 유명했다. 그녀가 암기하고 있는 서적만 해도 삼천 권에 육박했으니 더 말하면 입이 아플, 자타가 공인하는 천재였다.

만약 그녀가 사내로 태어나 과거 시험을 쳤다면 장원급제는 결코 다른 사람을 생각할 수 없을 터였다.

모용린은 독고가주와 능운비를 보며 서늘한 미소를 머금었다.

원래 차가운 여인이라 빙봉이란 별호를 가진 그녀다. 그러나 독고무영과 능운비는 그녀의 얼음장 같은 눈빛과 미소를 보며 이유 모를 불안감을 느꼈다.

4

독고무영과 능운비는 당철현에게 포권을 취했다.

"독수 어르신을 뵙습니다."

"당문가주님을 뵙습니다."

능운비는 또다시 빙봉 모용린을 향해 잇달아 포권을 취했다. 자신보다 한참 나이가 어렸지만, 무림맹에서의 서열과 직위는 훨씬 윗줄이었다.

"우군사를 뵙습니다."

"반가워요, 현무단주님. 그리고 오랜 만에 뵙습니다, 독고가주님."

독고무영이 그녀의 인사를 받았다.

"빙봉이 왔을 거라고는 전혀 상상도 못했구나."

"검봉은 잘 있습니까?"

"설이야 씩씩하게 잘 있지. 지금은 내가 일을 시켜 자리를 며칠 비웠지만."

"다행입니다. 행여나 부상이라도 입은 건 아닌지 걱정했습니다. 검봉이 돌아오면 자리를 한 번 만들지요. 낙양에서 명문방파의 몇 사람을 만났는데 그들도 요즘 사천성에 관심이 많아 함께 왔거든요. 인맥을 넓히는 데 도움이 될 겁니다."

"그래, 그러려무나."

독수 당철현이 양손을 좌우로 펴며 말했다.

"자자, 어서 앉게. 이거 너무 기다리게 해서 면목이 없구만. 대신 저녁을 들고 가게. 내가 상다리가 부러져라 차려주지."

당철현이 가장 먼저 착석하고 남은 셋이 뒤따라 자리에 앉았다.

독고무영이 입을 열었다.

"먼저 정파에 합류하신 독수 어르신의 결정에 감사드립니다. 덕분에 그날 저희가 위기를 모면할 수 있었습니다."

"클클클. 나야 뭐, 한 일도 없었는걸. 고생은 자네들이 했지. 그리고…… 아미파가 결국 봉문을 선택한 것은 안타까운 일이야. 비록 내 얼마 전까지만 해도 정파에 속하지 않았지만, 보현신니의 덕망에 대해서는 귀가 따갑게 들었었지. 참으로 귀한 사람을 잃었어."

독고무영은 씁쓸한 얼굴로 고개를 끄덕였다.

"예, 정말로 가슴 아픈 일입니다."

"그래도 어쩌겠나? 산 사람은 또 살아야지. 우리가 대신 복수해 넋을 달래 주면 저승에서나마 기뻐하지 않겠나?"

"예, 그래야지요. 그래서 말입니다."

독고무영은 자신이 이곳에 방문한 이유를 말하기 위해 품속에서 서찰을 꺼냈다.

"이미 들어서 아시겠지만, 이번 싸움에 천류영이란 청년이 지대한 공을 세웠습니다. 그 청년이 이 서찰을 꼭 독수어르신께 전해 달라고 부탁을 했습니다."

독고무영은 서찰을 탁자 위에서 밀어 당철현의 앞에 놓았다.

"호! 무림서생(武林書生)이 말인가?"

당철현의 말에 독고무영과 능운비가 눈을 동그랗게 떴다.

"무림서생이라니요?"

독고무영의 반문에 꼿꼿하게 앉아 있던 빙봉 모용린이 입을 열었다.

"등잔 밑이 어둡다더니 소문을 아직 못 들으셨나 봅니다. 이번에 천류영이란 사내가 여러분들을 구하고 천마검을 물러가게 했다는 소문이 빠르게 퍼지고 있습니다. 세인들은 그가 무공을 익히지 않았다는 점에 주목해서 무림서생이라 부르고 있더군요."

독고무영과 능운비의 입가에 흐릿한 미소가 맺혔다.

어찌 그러지 않을까. 별호란 것은 얻고 싶다고 생기는 것이 아니다. 그런데 천류영은 벌써 별호가 생긴 것이다.

둘의 미소를 보며 모용린이 건조하게 말을 이었다.

"정확하게 별호를 붙인다면 무림쟁자수가 되었어야 하는 건데…… 사람들은 천류영이 전직 쟁자수인 것은 아직 모르는 것 같습니다. 그의 신분이 천한 것을 알았다면 세상 사람들이 지금 보여 주는 뜨거운 열기도 한 풀 꺾일 텐데 말입니다."

"……!"

"어쨌거나 본맹은 천류영을 띄어 주기로 결정했습니다. 천.류.영. 그의 실체는 비천하더라도 지금 우리에게는 무적의 무림맹 분타를 빼앗긴 박탈감을 달래 줄 영웅이 필요한 시점이니까요."

독고무영과 능운비의 얼굴에서 웃음기가 사라졌다.

접견실 내부에 묘한 분위기가 형성되는 가운데 당철현이 봉투에 담긴 서찰을 꺼내며 말했다.

"다행이지 않은가? 만약 세인들이 무림쟁자수라 불렀다면 정파의 망신이지. 그깟 짐꾼한테 도움을 받았으면 얼마나 받았다고. 쯧쯧, 고생은 자네들이 했는데 명성은 그 아이가 훔쳐 간 꼴이니……. 안타까운 일이야."

독고무영과 능운비는 그게 아니라고 말하려고 했다. 하지만 당철현의 시선은 이미 펼친 서찰 위를 달렸다.

단숨에 내용을 읽은 당철현의 입꼬리가 올라가며 비릿한 미소가 피어났다.

"천류영이라……. 거, 재미있는 친구군. 이런 걸 가리켜 오지랖이라고 하던가? 운 좋게 몇 번의 판단이 맞아 영웅이라 불리니 눈에 보이는 게 없는가 보군. 감히 본가에게 조언을 가장한 경고라니…… 클클클."

당철현은 서찰을 옆의 모용린에게 건네고는 독고무영을 보았다.

"자네도 이 내용을 보았는가?"

독고무영은 이를 악문 채, 고개를 끄덕이고 답했다.

"예, 천 공자가 알려 주었습니다. 또한 청성파에게도 비슷한 내용의 전서구를 보냈습니다."

독고무영은 일부러 천류영을 '천 공자'라고 표현했다. 자신들이 그를 믿고 존중한다는 뜻을 에둘러 말한 것이다. 그러자 당철현의 눈꼬리가 살짝 경련을 일으켰다.

"쯧쯧, 알면서도 이따위 내용을 노부더러 보라고 가져온 건가? 자네가…… 내가 알고 있는, 그 신중한 독고세가의 가주가 맞는지 의심스러울 지경이네."

당철현이 혀를 차며 하는 말에 독고무영의 얼굴이 이제는 확연할 정도로 딱딱해졌다.

"독수 어르신. 천 공자는 정말로 감탄할 만한 인재입니다. 그가 말하는 것을 그냥 넘기시면……."

당철현이 눈가를 좁히며 독고무영의 말꼬리를 끊었다.

"자네 지금 본가를 무시하는 건가?"

"그 무슨 천부당만부당한 말씀이십니까? 세상의 어느 누가 귀가(貴家)를 무시할 수 있겠습니까?"

"그럼 나에게 이런 경고를 하는 천류영이 무시하는 거겠지."

"……!"

"점창파가 성도에 합류하기 전에 천마검이 움직일 가능성이 크다고? 지금 이걸 나 보고 믿으라는 말인가? 요새인 사천 분타에 꽁꽁 숨어 있어도 모자랄 그놈들이, 오히려 기어 나와서 공격을 한다고? 클클클, 하도 기가 차서 말이 나오지 않을 지경이네."

독고무영은 입술을 질끈 깨물었다. 전투 당시 터졌다가 가라앉은 입술이 살짝 찢어지며 한 방울 핏물을 드러냈다.

"독수 어르신. 천 공자의 지적이 전혀 일리가 없는 것은 아니지 않습니까?"

그의 질문을 모용린이 당철현 대신 답했다.

"물론 가능성이 있는 얘기입니다. 점창파까지 합류한다면 적들은 더욱 궁지에 몰리게 될 테니까요."

그녀의 말에 당철현이 눈살을 찌푸렸다.

"아이야. 그래서 너도 천마검 그 애송이가 감히 본가를 공격할 수 있다고 보는 거냐?"

모용린은 차가운 표정으로 무덤덤하게 답했다.

"확률이 지극히 희박하지만 가능성이 없다고 장담할 수는 없지요. 궁지에 몰린 적들은 이래 죽나, 저래 죽나 하며 이판사판으로 나올 수도 있다는 얘기입니다. 다만…… 오판의 대가는 전원 몰살이겠지요. 우리의 피해는 거의 없을 테고 말입니다."

그녀의 말에 당철현이 피식 웃음을 흘렸다.

"클클클, 그렇지. 만에 하나 놈들이 공격해 온다면 우리는 쌍수를 들고 환영해 주어야겠지. 아무래도 언덕 위에 세워진 사천 분타는 공략하기 힘드니까."

둘은 천류영이 지적한 것을 가능성이 희박하다고 결론 내리고 있었다. 그나마 지금 마교도들에게 유리한 것이라고는 요새인 사천 분타뿐인데 그것을 포기할 바보들이라고 생각하기는 어려웠다.

당철현과 모용린의 대화를 들은 독고무영은 한숨을 삼켰다. 둘의 말에 딴죽을 걸 수 없었던 것이다. 기실 자신도 그런 의문을 가졌었고 말이다.

다만 독고무영과 능운비는 천류영의 놀라운 능력을 직접 보고 경험했었기에 딱히 토를 달지 않았던 것이다.

"흠……."

독고무영이 침음을 흘리며 입술에 맺힌 핏방울을 삼켰다.

기분이 좋지 않았다. 아무리 그렇더라도 천류영을 하찮게 여기는 당철현과 모용린이 마음에 들지 않았다.

그때 한마디도 하지 않고 지켜만 보고 있던 능운비가 입을 열었다.

"어쨌든…… 가능성이 희박하더라도 있긴 있는 것 아닙니까? 그렇다면 천 공자가 말한 대로 대비하는 것도 나쁜 것은 아니지 않습니까? 딱히 손해 보는 것이 있는 것도 아닌데 말입니다."

당철현과 모용린의 이맛살이 동시에 일그러졌다.

당철현은 노골적으로 혀를 찰 뿐, 딱히 아무런 말도 하지 않았다. 상대할 가치도 없다는 의중을 보인 것이다.

그러자 모용린이 서늘한 눈빛으로 능운비를 직시하며 말했다.

"이번에 무림서생의 도움으로 목숨을 건졌다는 건 압니다. 하지만 개인적인 은원으로 합리적 판단력을 잃어서는 안 됩니다. 현무단주님은 일개 수하가 아니라 장수가 아닙니까?"

능운비가 지지 않고 반박했다.

"우군사님의 천재성을 의심하는 건 아닙니다. 하지만 천 공자가 말한 것은 겨우 두 가지입니다. 경계를 강화하라는 것. 그리고 남은 하나는 점창파가 합류하기 전까지는……
저들이 싸움을 걸어 오더라도 굳이 나아가 싸우지 말고 수
성에 힘쓸 것. 그것이 어려운 것은 아니지 않습니까?"

능운비의 음성은 뜨거웠다. 그러자 옆에 앉아 있던 독고
무영이 탁자 밑으로 손을 뻗어 능운비의 허벅지를 툭툭 두
드렸다.

흥분하지 말라는 의미다. 여기서 천류영 편을 드는 건 어
렵지 않았다. 하지만 그러면 그럴수록 앞의 두 사람은 더
천류영을 무시할 것이리라. 그것이 사람의 심리였다.

모용린은 차가운 눈으로 능운비를 보다가 독고무영에게
시선을 옮겼다.

"독고가주님도 같은 생각이십니까?"

독고무영은 차를 마시며 침묵했다. 그러자 그녀의 얼굴에
차가운 미소가 퍼져 나갔다.

"천류영을 그렇게 믿습니까? 만난 지 겨우 며칠밖에 되
지……."

독고무영이 찻잔을 내려놓고 그녀의 말을 끊었다.

"믿는다."

"……!"

모용린의 눈동자가 찰나 흔들렸다. 그러나 이내 묘한 미
소를 머금고 둘을 번갈아 보며 말했다.

"그렇다면 두 분이 믿는 무림서생이 언급한 두 가지가 얼

마나 빈약한 조언인지 알려 드리죠. 첫째, 당문세가에 출입하는 모든 사람들을 철저하게 확인하고 경계를 강화하라. 그럼 지금까지 당문은 개나 소나 아무나 출입이 허용되고, 밤에 도둑들이 활개 치며 넘나들었단 말입니까?"

능운비가 한쪽 뺨을 씰룩거리다가 대꾸했다.

"그런 것이 아니라 코앞에 천마검이 있으니 더 경계를 강화할 필요가 있다는 뜻이 아닙니까?"

"세상의 수많은 문파 중에서도 가장 폐쇄적이라고 불리기도 하는 당문입니다. 두 분도 지금 이곳까지 들어오면서 감시망이 얼마나 삼엄한지 충분히 느끼셨을 텐데요. 곳곳에 매복해 있는 고수들과 치명적인 암기로 장착된 기관진식…… 더 설명이 필요합니까?"

능운비는 입술을 깨물었다. 그녀의 말은 사실이었으니까. 오죽했으면 나는 새도 당문에 들어가면 빠져 나오지 못한다는 말이 있겠는가?

모용린은 차가운 음성으로 말을 이었다.

"그리고 싸움을 걸어와도 맞서 싸우지 말라는 말은 거론할 가치도 없습니다. 저들이 실성이라도 해서 유리한 고지인 사천 분타에서 나와 준다면 하늘이 주는 기회이지 않습니까? 그런데 구경만 하라니 그 무슨 해괴한 얘기입니까? 무형지독을 퍼부어 힘 안 들이고 모조리 숨통을 끊어 놓을 수 있는 기회를 놓치란 말입니까?"

"......."

"지금 무림서생은 꾸며 낸 공적으로 여러분들을 혼란스럽게 만들고 있습니다. 정파의 분열을 조장하려는 의도이지요."

능운비는 놀라 입을 쩍 벌렸다. 독고무영의 눈에 기광이 흘렀다.

"빙봉! 그건 무슨 뜻인가? 꾸며 낸 공적?"

모용린이 하얀 이를 드러내며 얼음장 같은 미소를 피어올렸다.

"독고가주님. 냉정을 회복하고 찬찬히 생각해 보십시오. 전투 전날과 당일에 무림서생과 검봉의 연이은 우연한 만남. 이상하지 않습니까? 또한 아미파의 간자를 파악하는 것부터 시작해서, 당문세가를 사천 분타로 이동하게 한 것까지, 처음부터 끝까지 그는 완벽했습니다."

독고무영이 딱딱하게 말했다.

"그래서 하고 싶은 말이 뭔가?"

흥미로운 시선으로 지켜보던 당철현이 침묵을 깨고 시큰둥하게 말했다.

"뭐겠나? 무림서생이 마교의 간자일 가능성에 대해 말하고 있는 것이지."

능운비가 자리를 박차고 일어나 주먹으로 탁자를 내려쳤다.

"말도 안 됩니다!"

당철현이 노한 목소리로 외쳤다.

"무엄하다!"

"독수 어르신! 천 공자는……."

능운비의 말을 독고무영이 손을 들어 제지했다. 그러고는 당철현과 빙봉을 보며 피식 웃고는 말했다.

"독수 어르신. 어르신은 마교도와 싸운 적이 있으십니까?"

"지금 왜 그런 말이……."

독고무영이 당철현의 말허리를 베었다.

"없지요. 그리고 굳이 마교도가 아니더라도 집단 전투의 경험도 없으시죠? 당연한 겁니다. 왜냐하면 모든 이들이 당문의 이름 앞에 주눅 들고 공포에 질려 미리 꼬리를 마니까요."

"독고가주!"

당철현이 눈을 부라렸지만, 독고무영은 이미 모용린을 향해 말을 시작했다.

"빙봉! 한 번 본 것을 송두리째 암기해 버린다는 너의 천재적인 두뇌는 나도 잘 안다. 하지만 너는 사방에 피 튀기는 전장을 경험하지는 못했어."

"독고가주님. 저는 지금 사태를 객관적으로 분석해서 가장 확률이 높은……."

독고무영이 언성을 높이며, 그녀의 말도 끊었다.

"내 말은! 아직…… 끝나지 않았다."

"……!"

"너는 짐작도 못한다. 내 앞에서, 옆에서, 아니, 내 사방에서! 친했던 이들이…… 아끼던 수하들이 비명을 지르며 죽어 갈 때의 그 참담함을 너는 모른다. 그 치열한 야전의 현장을 너는 결코 몰라. 눈앞에서 벗의 목이 날아가고 팔다리가 베어질 때, 그 순간…… 피가 역류해 솟구치는 기분을 네가 아나?"

모용린의 눈가가 파르르 떨렸다.

"독고가주님. 지금 무슨 말씀을 하고 싶으신 겁니까?"

"저자에서 시비가 붙어 한두 명 목을 베는 것과는 차원이 다른 곳이 전장이라는 괴물이다. 숱한 목숨이 사라지는 전장에서 함께 싸우다 보면 모르고 싶어도 저절로 알게 되는 것이 있다. 이 사람이 어떤 인간인지, 등을 맡겨도 될 사람인지 아니면 위험한 순간 도망칠 놈인지, 그도 아니면 다른 꿍꿍이가 있는지 알게 된다."

"독고가주님. 저는 감정에 파묻혀 진실을 보지 못할 위험을 말씀드리는 겁니다."

"빙봉! 사람은…… 머리로 이해하는 존재가 아니다. 가슴으로 느끼는 것이야. 보고서 몇 장, 겨우 서류 쪼가리들로 전장을 이해하려고 하지 마라. 이건 너를 위한 내 진심

어린 충고다."

독고무영의 말에 빙봉이 이를 악물었다.

독고무영은 다시 당철현을 보았다.

"독수 어르신. 저는…… 무림서생, 천류영을 믿습니다. 함께 전장에 있었고, 저의 심장은 그를 믿어도 된다고 얘기해 주었으니까요."

"……."

"만약, 만약에 말입니다. 그를 말도 안 되는 이유로 간자로 몰아간다면…… 본가는 절대 좌시하지 않을 겁니다."

당철현이 이를 바드득 갈고는 스산하게 말했다.

"클클클. 좌시하지 않겠다고? 그럼 대신 죽어 주기라도 하겠다는 말인가? 대체 왜 하찮은 짐꾼을 위해 자네가 이렇게 흥분하는지 나는 당최 이해가 되지 않는군."

"왜냐하면…… 그는 이미 본가의 사람이니까요."

"……!"

당철현과 모용린이 놀라서 눈을 치켜떴다.

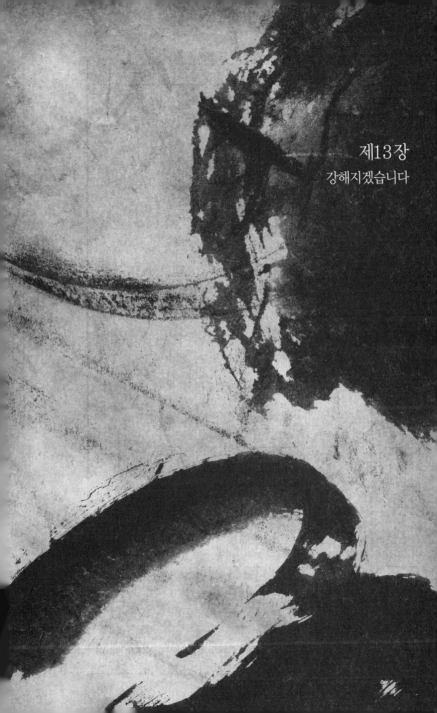

제13장
강해지겠습니다

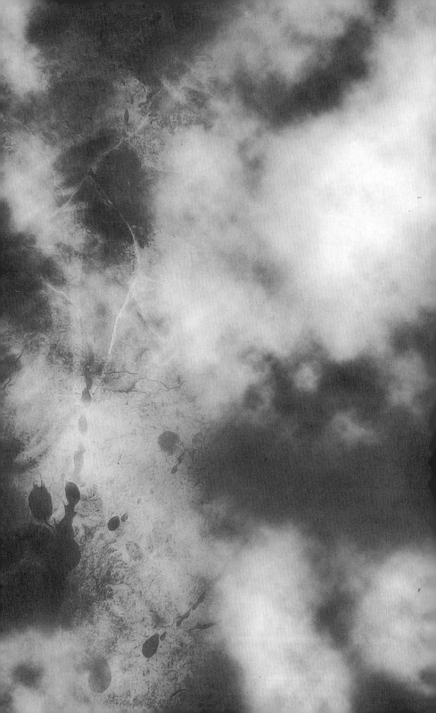

1

한바탕 폭풍우가 몰아쳤던 접견실.

독고무영과 능운비는 떠나고 당철현과 모용린은 남았다.

당철현은 뱀 같은 손가락으로 탁자 위를 톡톡 두드리다가 어이없다는 표정으로 소리 없이 웃다가 말했다.

"기가 차군. 십 년 전에 보았을 때만 해도 내 눈조차 제대로 마주치지 못하더니……. 독고가주가 대체 뭘 믿고 감히 나에게……."

그의 잿빛 수염이 노염으로 흔들렸다. 그러자 모용린이 차분한 어조로 말했다.

"고정하십시오. 지난 십 년간 독고세가는 나름 비약적인 발전을 이루었습니다. 그러니 어깨에 힘이 들어갈 만도 하지요."

"흥. 겨우 그 정도로 말이냐? 네가 전음으로 날 말리지 않았다면…… 독고가주는 내 손에 죽었을 수도 있다."

모용린이 눈살을 찌푸렸다.

"마교가 코앞에 있는데 그런 일이 벌어지면 안 되지요. 또한 귀가는 이제 어엿한 정파의 한 식구라는 것을 잊지 마십시오."

"흥, 마교! 그깟 한 줌의 무리가 뭐가 두렵다고?"

"어차피 그들은 선봉대일 뿐입니다. 마교주 뇌황은 머지않은 시기에 스스로 대군을 이끌고 움직일 것입니다. 이런 시기에 분란이 있어서야 되겠습니까? 모든 정파인들에게서 비난이 쇄도할 겁니다."

당철현은 짜증스러운 얼굴로 눈앞에 놓인 찻잔을 움켜쥐었다. 그러자 놀라운 일이 펼쳐졌다.

푸스스스.

사기 찻잔이 연기를 내며 녹아내렸다. 그 광경에 모용린의 눈동자가 살짝 흔들렸지만 여전히 담담한 목소리로 말했다.

"이번 마교 선발대와의 싸움에서 큰 공을 세우시면 독수 어르신은 차기 무림맹주의 후보가 될 것입니다. 그리고 결국 무림맹주가 되실 겁니다. 그건…… 당문세가에서 최초로 무림맹주가 탄생하는 영광입니다. 더 나아가 귀가는 천하제일가로 이름을 날리게 된다는 뜻이지요."

"……."

"하지만 독고세가와 부딪치는 일이 생긴다면 어렵지 않겠습니까? 사소한 자존심 때문에 대업을 놓치는 우를 범하지 마십시오."

숨겨둔 밀약에 관한 얘기가 나오자 당철현의 분기가 누그러졌다.

"음……. 과연 정파의 명숙들이 본가를 인정할까?"

정파인들은 당문을 두려워한다. 그러나 존경하지는 않았다. 왜냐하면 무학의 근본은 무(武) 자체에 있었지, 독과 암기가 아니었기 때문이었다.

"총군사께서 약조한 일입니다. 그분이 마음먹어서 지금껏 하지 못한 일이 있었습니까?"

당철현의 입가에 미소가 맺혔다.

"그렇긴 하지."

"독고가주나 현무단주를 너무 고깝게 여기지 마십시오. 그들 입장에서는 천류영이 생명의 은인입니다. 생각보다 격한 반응이라 저도 당혹스럽지만, 그럴 수도 있는 일입니다."

당철현은 다시 손가락으로 탁자를 두드렸다.

톡톡. 톡톡톡. 톡톡.

"천류영이라…… 궁금해지는군. 그자가 간자이건 아니건 이제 그건 나에게 중요하지 않아. 대체 어떤 자이기에 독고 가주와 현무단주가 감히 나에게 그런 반발을 할 수 있게 만들었을까?"

"저 역시 놀랐습니다. 특히나…… 벌써 독고세가에 몸을 담았을 것이라고는 예상하지 못했습니다. 무림맹이나 더 큰 문파를 고를 것이라 생각했는데……. 일이 조금 복잡하게 되었습니다."

천류영이 독고세가의 소속이 되었다면 그를 함부로 대할 수가 없다. 그를 욕하는 것은 독고세가를 비방하는 것과 같은 의미가 되기 때문이다. 무엇보다 곁에 두고 감시하기가 어려워진다는 것이 가장 치명적이었다.

그녀는 자책의 표정을 드러내며 말을 이었다.

"독고가주에게 무림서생이 간자일 가능성이 있다는 얘기를 괜히 한 꼴이 되었습니다. 독고가주가 무림서생에게 우리가 나눈 얘기를 한다면…… 그는 더욱 몸을 사릴 것이니, 간자라는 증거를 찾기가 어려울 겁니다."

당철현이 고개를 끄덕였다.

"결과론적으로는 그렇지. 하지만 설마하니 그 신중한 독고가주가 그렇게까지 흥분할 줄이야 상상이나 했겠는가? 어쩔 수 없는 일이야."

당철현의 말대로 독고가주라면 자신들의 말을 차분히 검토할 것이라 여겼다. 그리고 당연히 그도 천류영에 대해 의심을 할 것이라 판단했다.

그런데 당연하게 여겼던 예상은 빗나갔고 결과는 정반대였다.

그녀는 독고무영이 한 얘기 중 전장을 빗대 말한 것을 떠올렸다. 그곳에 있으면 사람을 가슴으로 파악할 수 있다는 말.

피식.

저절로 실소가 흘렀다.

이성이 사라지고 감정의 과잉이 폭발하는 곳이 전장이다. 어찌 그런 곳에서 한 사람에 관해 합리적인 판단을 기대할 수 있을까?

당철현은 모용린을 직시하며 말했다.

"이렇게 되면 그 녀석이 마교의 간자라는 것을 밝혀내지 않는 이상 건드릴 수 없다는 의미군. 독고가주가 저렇게까지 열을 내는 것을 보니 분명 상당한 실력의 호위들을 여럿 붙였을 터. 그러니 조용히 제거하기도 어렵겠지."

"아직 그가 확실하게 간자라고 할 수는 없습니다. 모든 것은 심증뿐이니까요."

"클클클. 하지만 너는 이미 그를 간자라고 확신하고 있지 않나?"

모용린이 부인하지 않은 채 잠시 침묵하다가 말했다.

"제가 그를 만나겠습니다. 필요하다면 당분간 독고세가에서 지내겠습니다."

"원래 그러려고 한 것이지만 지금은 독고가주가 받아들이겠나? 자네뿐만 아니라 사군사라는 제의와 백호단까지 거절할 수도 있어."

모용린이 차가운 미소를 꽃피우며 눈을 빛냈다.

"저는 간자라고 말한 것이 아니라 가능성에 대해서만 언급했습니다. 그러니 지나친 억측이었다고 사과하면 됩니다. 그리고 저는 검봉과의 인연이 있으니 냉정하게 내치지는 못할 겁니다. 어쨌거나 지금은 비상시국, 정파가 힘을 합쳐야 한다는 대의명분 앞에서 독고가주가 무림맹에 홀로 날선 각을 세울 수는 없습니다."

그녀의 말에 당철현이 탄복의 기색을 보이며 웃었다.

"클클클, 재미있겠군. 호랑이 굴에 들어가 천류영의 정체를 밝혀 보겠다는 건가?"

"호랑이 굴이라. 독고세가가 호랑이라고 생각한 적은 한 번도 없습니다. 어쨌든 단순히 정체를 밝히는 건 하수나 하는 겁니다. 만약 그자가 간자라면 정체를 폭로하는 것보다 이용해야지요."

"어쨌든 천류영에 대해 요모조모 뜯어 보겠다는 것이군."

"예, 그자를 한 번 농락해 볼까 합니다. 밑바닥을 드러나

게 하면 그가 어떻게 나올지 재미있지 않겠습니까? 운이 좋아 제대로 약점을 쥔다면, 또한 간자인 것이 확실하다면, 그를 이중 간자로 만들 수도 있습니다."

"이중 간자라……. 생각만으로도 머리가 아프군."

당철현은 고개를 절레절레 저었다.

"생각은 저와 총군사에게 맡기십시오. 그럼 당문은 천하에서 최고의 자리를 쟁취하게 될 것입니다."

당철현이 고개를 끄덕이며 자리에서 일어났다.

"그래, 자네들만 믿어. 뜻대로만 되면 본가뿐만 아니라 제갈세가와 모용세가에도 득이 되지 나쁜 일은 없을 테니까."

"그렇습니다. 우리 세 가문이 힘을 합치면 무엇을 못하겠습니까?"

당철현은 그녀의 어깨를 두드리며 말했다.

"그럼 나는 먼저 들어가 보겠네. 나이가 나이인지라 아까 조금 흥분했다고 피곤하군. 머리도 너무 굴렸어."

당철현이 모용린을 지나치는 순간, 둘의 눈에 이채가 스쳤다. 동시에 입가에도 묘한 미소가 맺혔다.

'독수 어르신. 미안하지만 당문은 결국 뇌황이 이끄는 마교도들을 막다가 사라지게 될 소모품일 뿐입니다. 이제 갓 정파에 합류한 당문의 가주가 무림맹주라니요? 말도 안 되는 일입니다.'

'제갈천, 모용린. 지금은 너희 뜻대로 따라 줄 테니 마음껏 잔머리를 굴려 봐라. 머지않아 내 바짓가랑이를 잡고 눈물을 흘릴 터이니. 클클클.'

둘은 동상이몽(同床異夢)을 하고 있었다.

*　　　*　　　*

"하아아. 하아아."

천류영은 격한 숨을 쉼 없이 토해 냈다. 당장이라도 주저앉고 싶었다.

그리고…… 주저앉았다.

그러자 그의 뒤에서 천천히 따라오던 마차와 인마가 멈췄다.

조전후가 그를 향해 외쳤다.

"천 공자! 벌써 지친 것이오? 설마…… 아니겠지요? 힘을 내시오. 나는 천 공자가 할 수 있다는 것을 믿소! 어서 일어나 성큼성큼 달리시오."

천류영은 쓴웃음을 깨물며 고개를 돌려 조전후를 노려보았다.

때리는 시어머니보다 말리는 시누이가 더 밉다더니 지금이 딱 그 짝이다. 대체 자신을 응원하는 것인지, 아니면 조롱하는 것인지.

마차 문을 열고 독고설과 풍운이 나왔다. 풍운은 아직 앳된 얼굴로 나름 준엄한 표정을 지으며 말했다.

"형님, 실망입니다. 아까 강해지려는 이유에 저는 감동까지 했는데 겨우 이 정도에 포기하는 겁니까?"

마차 안에서 헐레벌떡 뛰는 자신을 보며 함께 웃던 독고설은 어느새 풍운과 친해져서 한마디 거들었다.

"풍운 동생. 다리에 모래주머니 하나 채워 드려야 하지 않을까? 우리의 천 공자는 아마 그런 이유로 멈춘 것이 아닐까 싶어."

그녀의 농담에 말에 탄 무사들이 폭소를 터트렸다.

천류영은 이마의 땀을 훔치며 일어나서는 호흡을 정돈했다. 그리고 주변을 천천히 훑어보며 미소를 지었다.

"이제 다 왔습니다. 여기가 제 고향입니다."

그의 말에 조전후가 마차에서 뛰어내려서 다가왔다.

"다 왔소? 하지만 아무것도 없는데······."

"갈림길입니다. 계속 십 리만 직진하면 사한현이지요."

독고설도 다가와 물었다.

"천 공자의 집은 사한현이 아닌가요?"

"저는 이곳에서 오른쪽으로 이각 정도만 걸어가면 됩니다."

"그럼 같이 가야죠."

천류영이 고개를 저었다.

"십여 호(戶)밖에 없는 곳입니다. 여러분들이 오늘 밤 묵을 곳이 없어요. 하지만 사한현에는 작지만 몇 개의 객잔이 있으니 거기서 숙식을 해결하시면 됩니다. 제가 내일 가족과 함께 점심 때까지 사한현으로 가지요."

예상치 못한 천류영의 말에 모두가 당황했다. 서로가 서로를 마주 보며 어떻게 해야 하나 난감한 표정을 지었다.

독고설이 팔짱을 끼고 입술을 꾹 깨물었다가 말했다.

"그럼 이렇게 하지요. 저와 풍운 그리고 조전후 아저씨는 천 공자와 함께 이동하겠어요. 그리고 남은 분들은 사한현으로 가서 쉬세요."

"아뇨. 워낙 깡촌인데다가 모두 순박한 분들이라 칼 찬 무림인들이 들어서면 모두 놀랄 겁니다. 괜한 경계심을 주고 싶지 않아요."

"그래도……."

"하하하, 걱정하지 마세요. 여기는 제 고향이라니까요. 그리고 오늘 밤은 가족과 오붓하게 보내고 싶습니다. 반년 만에 만나는 것이니 훼방 놓을 생각 마십시오."

그래도 독고설은 천류영의 앞을 막고 물러서지 않았다. 그러자 천류영이 쓴웃음을 지으며 말했다.

"이런 말까지는 안 하려고 했는데……. 가난이 부끄러운 것은 아니라고 생각합니다. 하지만 그래도 사내라고 한빈한 살림살이를 보여 주고 싶지는 않군요. 초라한 사내의 같잖은 자존심이라고 생각해 주십시오."

천류영의 말에 독고설은 결국 옆으로 물러났다.

천류영은 마차로 걸어가 봇짐을 꺼냈다. 그곳에는 여동생에게 줄 보약을 비롯해서 옷과 몇 개의 선물이 있었다. 그는 봇짐을 둘러메고는 자신을 곤혹스러운 시선으로 보고 있는 사람들을 향해 말했다.

"내일 어머니와 여동생에게 제가 사 온 새 옷을 입혀 모시고 갈 겁니다. 특히나 제 여동생이 한참 멋을 내고 싶어 할 나이인데 여러분 앞에서 조금이라도 가꾼 모습을 보여 주고 싶어 하지 않겠습니까? 그러니 오늘만큼은 양해해 주십시오."

"……."

"가셔서 오늘 밤은 따뜻한 물에 몸도 좀 담그시고, 시원한 탁주라도 한잔하십시오. 덕분에 여기까지 편하게 왔습니다."

천류영은 그들을 향해 목례를 하고는 씩씩하게 오른쪽으로 걸었다.

독고설이 그를 불러 세웠다.

"자, 잠깐만요."

그녀는 서둘러 마차로 달려가 보자기를 꺼냈다. 그리고 천류영에게 다가가 건넸다.

"받으세요."

"이건 뭡니까?"

독고설이 머쓱한 표정으로 답했다.

"체형을 어림잡아 샀어요. 옷이에요."

"옷이요?"

"예."

천류영은 뒤통수를 긁적거리면서 웃었다.

"어떻게 독고 소저에게는 늘 받기만 하네요."

"조심하세요. 이제 천 공자는 혼자의 몸이 아니란 것을 명심하세요."

"하하하. 여기는 제 고향이라니까요. 특히나 제가 사는 마을은 모두 좋은 사람들만 있어요."

"……"

"마교의 자객이나 뭐 그런 것을 걱정하는 것이면 염려 마세요. 적어도 아직 그들은 저에게 신경 쓸 여력이 없어요."

"그렇겠지요?"

"제가 틀린 말 한 적 있습니까?"

그제야 독고설의 굳은 표정이 풀어졌다.

"맞아요. 천 공자는 옳아요, 늘 그랬어요."

"하하하. 마치 몇 년은 서로 알고 지낸 사이처럼 말하시네요. 그럼 내일 뵙지요."

"예. 아! 말을 타고 가시겠어요?"

천류영이 어깨를 으쓱하며 말했다.

"뛰어야지요. 체력단련, 해야 되잖습니까? 하하하."

그리고는 정말로 뛰기 시작했다.

남은 이들은 천류영이 작은 구릉을 넘어 사라질 때까지 그의 등을 보고서야 눈길을 거뒀다.

독고설은 왠지 힘이 빠진 표정으로 터벅터벅 걸어가 마차를 탔다. 그리고 이내 일행은 다시 출발했다.

풍운이 심각한 얼굴의 독고설을 보며 말했다.

"설이 누님, 너무 걱정하지 마세요. 하룻밤인데 무슨 일이 있겠어요?"

독고설의 눈이 샐쭉해졌다.

"너는 그래도 명색이 호위란 녀석이 너무 태평한 거 아니야?"

풍운이 입술을 쭉 내밀고 대꾸했다.

"사나이 자존심까지 운운하는데 어떻게 따라가요?"

"……."

"게다가 천류영 형님의 여동생 자존심도 있고요."

독고설은 입맛을 다시며 창밖으로 고개를 돌렸다.

천류영이 사라진 언덕.

그 위로 노을이 지기 시작했다.

"마음에 안 들어."

그녀의 혼잣말을 들은 풍운이 고개를 갸웃하며 물었다.

"뭐가요?"

"노을."

"예? 그 무슨 말이에요? 하하하. 아름답기만 한데요?"

"아니, 너무 빨개. 오늘따라 노을이 핏빛을 닮았어."

*   *   *

천류영이 마을에 들어선 것은 노을이 절정에 달할 무렵이 었다. 열 채 가량의 작은 모옥들이 산 아래에서 몇 장씩 거 리를 두고 떨어져 있었다.

그중에서 가장 가까운 곳이 바로 자신의 집이었다.

천류영은 한시라도 바삐 가족을 만나고 싶은 생각에 지친 것도 잊고 다시 달렸다. 그렇게 집까지 거리가 이십여 장 정도 남았을 때, 천류영은 미간을 좁히며 멈췄다.

그는 거친 숨을 갈무리하며 천천히 사위를 살폈다.

이상할 정도로 조용하다.

개 짖는 소리조차 없다.

또한 그 어떤 아궁이 굴뚝에서도 연기가 나지 않았다. 분 명 마을 아낙들이 저녁을 한참 준비하고 있을 시간일 터인 데.

천류영은 다시 앞으로 걷기 시작했다.

사립문 안쪽 마당에 놓인 평상에 어머니가 보였다. 그리 고 여동생.

천류영은 입술을 꾹 깨물었다.

그녀들만 있는 것이 아니라, 시커먼 흑의를 입은 사내들이 마루에 누워 있었다.

마당은 깨어진 그릇들과 옷가지들로 어지러웠다.

그때 잠시 멈춘 천류영과 여동생 천수영의 눈이 마주쳤다.

그녀의 눈이 동그래졌다. 고개를 좌우로 흔들었다. 뭔가 입모양으로 말을 하고 있는데 아직 거리가 있어서 알 수가 없었다.

하지만 신기하게도 알 수가 있었다.

돌아가. 오빠. 어서 도망가!

천류영은 이를 악물었다. 다시 앞으로 걸었다. 성큼성큼 더 빨리 걸었다. 그러자 천수영이 빽 소리를 질렀다.

"가! 어서 도망가라고! 제발!"

마루에 누워 있던 흑의인들이 벌떡 일어났다.

2

"흠흠, 아가씨. 들어가도 되겠습니까?"

조전후가 객잔 사층에 있는 객실 밖에서 묻자 안에 있던 독고설이 당황해 소리를 질렀다.

"자, 잠시 만요."

뭔가를 후다닥 바쁘게 정리하는 소리가 희미하게 들렸다.
조전후가 고개를 갸웃거리자 따라온 풍운이 입을 열었다.

"옷이라도 갈아입나 보죠."

안에서 짙은 한숨이 연신 들렸다. 그러더니 약간 짜증스러운 어조의 목소리가 흘러나왔다.

"아저씨, 무슨 일인데요? 미안한데 그냥 밖에서 얘기하면 안 되나요?"

조전후의 미간에 두 줄의 주름이 생겼다. 코가 무슨 냄새를 맡는 듯 벌름거렸다. 그는 뭔가 이상하다는 표정을 지었지만 담담하게 대꾸했다.

"상관없습니다. 저녁 식사를 언제 할 건지 물어보려는 것뿐이니까요."

"저는 생각 없으니 상관하지 말고 먼저 드세요."

생각할 것도 없다는 듯이 튀어나온 독고설의 응답에 조전후의 눈매가 날카로워졌다. 하지만 이번에도 대답은 담담했다.

"알겠습니다."

그가 문밖에서 물러나자 풍운이 따라붙으며 말했다.

"반주로 죽엽청 어떻습니까? 죽엽청 좋아하신다고 들었습니다. 저도 그 술 좋아하거든요."

조전후는 대꾸 없이 복도를 걸었다. 쿵쿵거리며 계단을 내려가다 층계참에서 멈춰 서 따라오는 풍운의 어깨를 잡아

채며 속삭였다.

"아가씨가 위험하다!"

"예? 갑자기 그 무슨 엉뚱한 말씀이십니까?"

농담이라 생각했다. 그런데 조전후의 표정이 너무나 굳어 있어서 풍운까지 덩달아 진지해졌다.

조전후는 잔뜩 긴장한 목소리로 다시 속삭였다.

"아가씨는 지금 누군가의 위협을 받고 있어. 음…… 아무래도 자객인 것 같다. 아가씨 정도의 고수를 별 소란도 없이 제압할 정도라면 상당한 실력을 지닌 자겠지. 신중하게 대처해야 한다."

"자객이요?"

풍운은 이 무슨 뜬금없는 소리인가 싶어서 기가 막혔지만 내색하지 않았다.

자객?

독고설의 방 안에는 그녀 외에 어떤 이의 기운도 감지되지 않았다. 그런데 조전후는 그것을 더 수상쩍게 여기는 눈치였다. 아마 은신술이 아주 뛰어난 자객이라고 생각하는 것 같았다.

조전후는 침을 꿀꺽 삼키고 낮게 말했다.

"두 가지 이유가 있다."

왠지 말하는 투가 천류영 형님을 닮았다. 아니면 닮고 싶은 것일지도……. 어쨌든 그렇게 말하니 딱히 신빙성은 없지만 궁금하기는 했다.

"그게 뭔데요?"

"아가씨는 밖에 사람을 두고 대화를 하는 성격이 아니야."

풍운은 그건 좀 억지스럽다는 표정으로 대구했다.

"그럴 수도 있는 거죠. 그리고 그걸 대화라고 할 수 있나요? 식사할 거냐고 묻고, 안 한다고 답한 것뿐인데요?"

풍운의 시큰둥한 반응에 조전후의 눈에 얼핏 실망감이 일렁였다. 하지만 다시 주먹을 불끈 쥐며 말했다.

"좋아. 그렇다면 두 번째 이유를 말해 주지. 진짜 이상한 건, 아가씨는 결코 끼니를 거르는 사람이 아니야. 어렸을 때는 식충(食蟲)이라는 별명도 있었지."

"……"

"그러니 너는 수하들을 데리고 와라. 절반은 창밖으로 보내 자객이 도망칠 경우를 대비하라고 전달하고. 물샐틈없이 포위해서 단숨에 들이쳐야 한다."

풍운은 고개를 젓고는 손가락 세 개를 내밀었다.

"별거 아닐 수 있는 세 가지 이유가 있어요."

"응? 세 가지나?"

조전후의 얼굴에 당혹스러움과 놀라움이 교차했다.

"첫째, 입맛이 없을 수도 있지요. 마차 안에서 이틀간 가만히 있었으니까 아무래도 식욕이 없을 공산이 크지요. 그리고 둘째, 여독이 쌓이고 피곤하니 일찍 잠들고 싶어 하지 않을까요? 그래서 세 번째, 잠옷으로 갈아입어서 우리를 안으로 들이지 않은 것 같은데요? 다시 갈아입기도 귀찮고 그래서 말이죠."

풍운의 말에 조전후의 눈이 동그래졌다. 그는 감탄의 표정을 숨기지 않고 드러내며 말했다.

"음, 네 말이 맞는 것 같구나."

"그렇죠?"

"너…… 똑똑한 녀석이었구나."

칭찬하는 조전후의 얼굴이 너무 진지해서 풍운은 당황스러웠다. 이 정도 추측이야 누구나 다 하는 것 아닌가?

"예? 아니, 뭐, 천류영 형님에 비하면 조족지혈이지요."

"하하하. 천 공자야 인간이 아닌 괴물이니 예외로 해야지. 어쨌든 난 똑똑한 사람이 좋다."

조전후는 굵은 팔로 풍운의 어깨를 두르며 말했다.

"가자! 죽엽청 마시러."

참으로 단순하지만 진지하며 뒤끝이 없는 사람이었다.

그 순간 풍운의 눈꼬리가 살짝 떨리며 그의 고개가 옆으로 홱 움직였다.

방금 내려온 계단 위.

"음……. 설이 누님이 정말 이상하긴 하네요."

풍운이 진중한 어투로 말하자 조전후의 표정이 다시 심각해졌다.

"그건 무슨 말이냐? 뭔가 새로운 이유가 생긴 거냐?"

풍운은 고개를 절레절레 저었다. 조전후는 왠지 '이유' 강박증에 걸린 것 같았다.

"설이 누님이 방금…… 창밖으로 뛰어내렸어요."

"뭐, 진짜?"

조전후가 화들짝 놀라 계단을 단숨에 올라섰다. 그리고 앞으로 달려가려다 멈췄다. 그는 고개를 돌려 미심쩍은 시선으로 풍운을 보며 물었다.

"그걸 네가 어떻게 알았지?"

풍운의 얼굴이 구겨졌다.

"그, 그건……."

조전후는 이상하다는 눈으로 풍운을 보다가 독고설의 객실 앞으로 단숨에 달려갔다.

"아가씨!"

대답이 없다.

"아가씨! 저 조전후입니다."

역시 묵묵부답. 결국 조전후가 문을 열어젖혔다.

휘이이잉.

열려 있는 창문을 통해 들어온 바람이 아무도 없는 컴컴한 내실을 휘돌고 있었다.

조전후는 자신의 뒤를 따라온 풍운에게 물었다.

"대충 넘어갈 생각하지 마라. 너 어떻게 알았냐고 물었다."

풍운은 눈동자를 데구르르 굴리다가 말했다.

"사실 제가 좀 희한할 정도로 귀가 좋아요. 그래서 설이 누님이 창문 여는 소리를 들었어요. 그리고 바닥에 착지하는 소리도……."

풍운은 자신이 말하고도 참 한심한 변명이라 생각했다. 그런데 조전후는 고개를 끄덕이며 수긍했다.

"귀가 정말 좋구나."

"예……."

조전후는 굳은 얼굴로 창가로 걸어갔다.

어스름이 내려앉은 밖을 보며 조전후가 말했다.

"아가씨가 어떤 목적을 가지고 몰래 나갔다. 그건 아마도……."

조전후는 말끝을 흐리며 옆으로 다가온 풍운을 마주 보았다. 둘의 고개가 동시에 끄덕여졌다. 그리고 역시 동시에 말했다.

"천 공자에게 간 거겠지?"

"천류영 형님에게 간 걸 겁니다."

의견 일치.

조전후는 혀를 차며 다시 밖으로 시선을 던졌다.

"아가씨께서 영 마음이 놓이지 않나 보군. 하긴 천 공자에게 무슨 일이라도 생기면 안 되지."

조전후는 팔짱을 끼고 풍운에게 물었다.

"어떻게 한다? 따라가야 하나? 아니면 모른 척 해야 하나? 이거 참, 누가 게으르니 아가씨가 고생하네."

그의 심드렁한 말투에 풍운은 울상을 지었다. 이틀 만에 제대로 된 식사와 맛있는 죽엽청을 마실 수 있었는데.

하지만 조전후의 말대로 자신은 명색이 천류영 형님의 호위가 아닌가?

"제가 가야겠지요?"

기다렸다는 듯이 조전후가 웃음을 터트렸다.

"하하하, 녀석. 굳이 그럴 필요까지야 있겠나 싶지만……. 그래, 수고해라. 참! 내일 천 공자와 가족 분들을 여기까지 안전하게 모시고 와야 한다."

천류영이 잘 있는지 확인만 하지 말고 아예 내일 낮까지 붙어 있으란 말이다.

"죽엽청 한잔만 하고 가면 안 될까요?"

파아앗.

조전후의 주먹이 매섭게 날았다.

알밤을 매기려는 순간 풍운이 어깨를 으쓱하며 한 발자국 물러났다. 덕분에 조전후의 손은 민망하게 허공만 할퀴는 꼴이 되었다.

"알았습니다. 가요, 지금 간단 말입니다."

풍운이 투덜거리며 내실을 빠져나갔다.

홀로 남은 조전후.

그의 눈동자가 거칠게 흔들렸다.

"피했어?"

조전후는 고개를 갸웃거리며 방금 풍운이 서 있던 바닥을 내려 보았다.

딱 한 걸음이다.

"이걸 피했단 말인가?"

조전후는 방금 풍운이 빠져나간 내실의 문을 보며 고개를 절레절레 저었다.

하필 알밤을 때릴 때 물러나다니.

"운이 좋군."

*　　　*　　　*

콰직.

부셔진다.

머릿속이 하얗게 비어지고 눈앞의 광경이 참담하게 무너져 내렸다.

"큭."

천류영은 고통의 단말마를 뱉으며 멍한 시선으로 앞을 보았다.

흐릿한 세상.

천류영은 고개를 흔들었다. 하지만 앞에 보이는 세상은 여전히 흐릿했다.

촤아아악!

차가운 물이 나자빠진 천류영을 덮쳤다.

"하아아, 하아."

너무 고통스러워 숨조차 쉬지 못했는데 간신히 숨통이 트였다.

"천류영. 일어나라."

중년사내의 차가운 목소리가 고막을 파고들었다.

천류영은 이를 악물었다. 그리고 꿈틀거리면서 몸을 일으켰다.

그의 눈에 평상에서 실신한 어머니와 여동생의 모습이 들어왔다. 자신이 매타작당하는 모습을 보다가 결국 정신을 놓은 것이다.

"가족은…… 그냥 놔주시오, 제발."

천류영의 간청에 그의 주변을 둘러싼 십여 명의 흑의인들이 키득거리며 웃었다. 옆구리에 검을 차고 있으나 지금 그들의 손에 쥐어 있는 건 몽둥이다.

천류영을 지금껏 셀 수도 없이 두들겨 댄 그 몽둥이에는 피와 살점이 덕지덕지 묻어 있었다.

화르르륵.

마당의 두 곳에서 모닥불이 맹렬하게 타오르며 주변을 밝혔다.

마루에 엉덩이를 걸치고 앉아 있던 중년사내는 음산한 표정으로 천류영을 보다가 물었다.

"가족을 살려 주면 너는 나에게 무엇을 해 줄 거지?"

똑같은 질문이다.

맨 처음 이 물음을 받았을 때 어머니가 노한 얼굴로 외쳤었다.

"류영아! 네가 내 아들이라면 이런 파렴치한 놈을 위해 아무것도 해서는 안 된다! 만약 네가 저 짐승의 밑으로 들어간다면 이 어미는 혀를 깨물고 자진할 것이다."

중년사내.

그는 진산 표국의 국주, 진담휘였다.

진담휘는 천류영이 몸서리쳐질 정도로 싫었다.

비천한 주제에 자신을 경멸하는 시선으로 보는 놈.

그래서 괴롭히고 짓밟았다. 그런데도 놈은 잡초처럼 버텼다. 내쫓고 안 보면 될 일인데, 그러면 자신이 이 비루한 놈에게 지는 것 같아서 참았다.

하지만 이번 녹림 아소채와의 일로 진담휘는 폭발했고 내쫓았다. 그러나 불과 하루도 지나지 않아 그는 깨달았다.

이대로 천류영과의 인연, 아니, 악연을 끝내면 자신은 평생 묘한 패배감을 간직하고 살아야 된다는 것을.

부와 힘을 가진 자신이 왜 천한 놈에게 열등감을 가지고 살아야 하는가?

결국 그는 최측근 표사 열한 명을 이끌고 천류영을 다시 찾았다.

그는 이번 기회에 천류영을 제대로 박살 내고 굴복시키겠다고 별렀다.

그런데 정작 놈이 아직 고향에 오지 않았다.

기다림이 하루, 이틀, 사흘이 되면서 결국 표사 한 명이 지루함을 참지 못해 강간을 저질렀고, 그것을 숨기기 위해 마을 사람들을 몰살시켜 버렸다.

그나마 아직까지 천류영의 노모와 여동생이 살아 있는 것은, 천류영이 나타났을 때 더 효과적으로 괴롭히기 위함이었다.

천류영은 고개를 들어 하늘을 보았다.

어두컴컴한 하늘.

피식.

실소가 절로 나왔다.

이제는 조금 어깨를 펴고 살 수 있겠다 싶었다.

그러나 운명이라는 놈은…… 늘 그랬듯이 징글징글하게 자신을 쫓아오며 괴롭혔다.

진담휘는 천류영의 실소를 보고 눈썹을 역팔자(逆八字)
로 그렸다.

"웃어? 매가 부족한가 보구나. 내가 만만해 보이는 거
냐?"

"……."

"좋아. 누가 이기나 해보자는 거지? 나는 네놈의 그 반
항적인 눈빛이 처음 봤을 때부터 마음에 들지 않았어. 오늘
내가 반드시 네놈의 기를 꺾어 놓고 말겠다. 그러지 않으면
내 성(姓)을 갈리라."

천류영은 고개를 내려 진담휘를 보았다.

이자가 원래 이렇게까지 막 나가는 놈은 아니었다. 그러
나 외부와 단절된 이곳에서 그는 왕이었다.

세상의 눈치를 볼 필요가 없는 그는 폭군이 되어 가슴속
에 숨겨 둔 추잡한 욕망을 마음껏 배설하고 있었다.

명분, 정의, 협(俠)이 없는 힘은 야만스러운 폭력일 뿐이
다. 지금 진담휘는 야만의 폭군놀이에 스스로 도취돼서 광
기에 차 있었다.

그렇게 야만의 군주가 된 그는 잔인함의 경계를 스스로
쉽게 허물며 더욱 짐승으로 화했다. 상대를 궁지로 몰아가
며 가학의 쾌감을 만끽했다.

놈이 짐승이 되었다면 걸맞게 맞춰 줄 수밖에 없었다. 짐
승의 가학성을 충족시켜 주고 탈출구를 모색해야 했다. 더

이상 삶의 주도권을 운명 따위에게 맡기지 않으리라.

"내가 묻겠소. 당신이 나한테 정말로 원하는 게 무엇이 오?"

천류영의 질문에 진담휘가 기가 차다는 표정을 지었다.

"지금 공손해도 모자를 판에 그런 말투로 도발적인 질문을 해? 정녕 눈앞에서 네 어미와 여동생이 죽는 꼴을 봐야 정신을 차리겠구나."

천류영이 피식 웃었다. 그 실소에 진담휘의 눈가가 꿈틀거렸다.

"하도 맞더니 네놈이 정말 실성이라도 한 것이냐?"

"실성이라……. 진짜 미친놈이 누구인지 모르는가 보군. 하긴 자기가 미친 것을 알면 미친놈이 아니겠지."

"……!"

"국주님, 아니, 국주. 아니, 아니지. 너!"

"천류영!"

"진담휘. 너는 내가 무슨 말을 해도 결국 나를 죽일 생각이잖아. 그리고 내 가족도. 그렇지?"

정곡을 찌르는 말에 진담휘가 순간 말문을 잃었다.

천류영이 뒤통수를 긁적거리며 말했다.

"그럼 죽여, 이 개자식아. 나야말로 너를 처음 봤을 때부터 재수 없었다는 거 알아?"

진담휘의 양 뺨이 분기로 인해 푸들거렸다.

"네놈이 감히, 천한 놈이 감히……!"

"병신 육갑 떨고 있군."

"그래, 죽여 주마. 너도 네 가족도 모두 다 죽여 주지."

"풋. 하하하. 하하하하!!"

천류영이 광소를 터트렸다.

3

천류영이 그렇게 웃자 진담휘와 그의 수하들이 당황했다. 너무 맞아서 정말 미쳐 버린 것일지도 모른다는 생각이 들었다.

모두가 눈살을 찌푸린 채 천류영을 주시했다.

천류영은 그렇게 한참을 웃다가 진담휘를 직시하며 말했다.

"진담휘! 나 보고 천한 것이라고 했나?"

"네놈이……."

"천한 내가 무서워서 이렇게 수하들을 줄줄이 끌고 온 너는 뭐냐? 겁쟁이냐? 비겁한 자식."

진담휘의 눈꼬리가 사납게 올라갔다. 천류영은 경멸의 감정을 듬뿍 담아 노려보며 말을 이었다.

"진담휘, 너는 겁쟁이다."

"내가 겁쟁이라고?"

"그게 아니라면 나와 일대일로 붙을 자신이 있나?"

천류영의 말에 모두가 기가 차서 말문을 잃었다.

진담휘는 확실히 고수는 아니다. 열심히 무공 수련을 하지 않았기에 이류나 삼류 수준일 터였다.

그러나 정확히 아는 사람은 없었다.

그가 무공 수련하는 것을 본 사람도 거의 없고, 또한 그가 누구와 비무를 하거나 싸운 적이 없었으니까.

하지만 적어도 이것 하나는 확실했다.

천류영은 결코 진담휘의 상대가 아니라는 것.

아무리 진담휘의 실력이 허접하더라도 그는 무공을 익혔다. 그리고 천류영은 무공과는 거리가 멀었다.

특히나 지금 천류영은 한참 동안의 매타작으로 인해 거의 탈진 상태나 다름없었다.

둘이 일대일로 붙는다?

이건 다 큰 고양이와 생쥐의 싸움이었다.

진담휘는 혀로 자신의 입술을 핥았다.

짐승이 된 그에게 천류영의 제안은 가학적인 욕망을 부추겼다.

"나와 일대일로 붙어 보겠다고?"

변태적 욕망이 등줄기를 타고 짜르르 흘렀다. 왜 자신이 그런 생각을 먼저 못했는지 한스러울 지경이었다.

천류영이 씩 웃으며 고개를 끄덕였다.

"물론. 하지만 겁쟁이인 네가 용기가 있을까?"

"쿡쿡쿡…… 크하하하! 좋아, 아주 좋아!"

진담휘가 마루에서 엉덩이를 떼고 벌떡 일어났다.

"저놈에게 검을 주어라."

천류영이 어깨를 으쓱하며 말했다.

"검? 그건 재미없지 않겠나?"

"그래? 그럼 뭐가 좋을까? 도? 창?"

"그러면 한 번 찌르고 죽어 버릴 수 있잖아. 나는 네놈을 두고두고 천천히, 아주 자근자근 밟아 주고 싶거든."

"크크큭."

진담휘는 너무 기분이 좋아서 소름이 돋을 지경이었다. 놈이 하는 말이 바로 자신이 하고 싶은 말이었다. 정말이지 이 순간만큼은 천류영이 흡족할 정도로 마음에 들었다. 오 죽했으면 천류영이 계속 반말을 지껄이는 것조차 애교로 보이겠는가?

"좋아. 그럼 몽둥이로 하지. 어떠냐?"

"내가 원하는 바다."

"놈에게 몽둥이를 던져 줘라."

천류영 주변에 있던 흑의 표사들이 키득거리며 뒤로 물러났다. 재미있는 구경거리가 생겼다 싶은 것이다.

툭.

천류영 앞에 몽둥이가 던져졌다. 진담휘는 스산한 눈으로 말했다.

"주워라."

천류영은 터져 나올 것 같은 한숨을 억지로 목구멍 속으로 밀어 넣었다. 그러고는 허리를 숙여 몽둥이를 줍고는 말했다.

"분위기가 안 사는군. 너무 어둡잖아. 이래서야 내가 네 놈을 때릴 때, 네 면상의 고통에 찬 표정이 잘 보이지 않지."

"크크큭. 모닥불을 하나 더 피워 줄까?"

"쯧쯧, 사내가 배포가 그 정도밖에 안 되나?"

"……?"

"집 하나를 태우자고."

"허어!"

진담휘는 어이가 없었다. 정말 이놈은 스스로 이길 수 있다고 생각하는 것일까? 한 번이라도 가격을 할 수 있다고 믿는 걸까?

계속 이어지는 천류영의 기행(奇行)을 모두가 흥미롭게 지켜보았다.

천류영은 이미 활활 타고 있는 모닥불로 가서 잘 타고 있는 장작 하나를 꺼내 지붕 위로 던졌다. 그리고 잇달아 두 개를 더 던졌다.

화르르르.

요 며칠 날이 건조했던 터라 볏짚과 나무로 된 지붕은 순식간에 전체가 불로 뒤덮였다.

화려한 불꽃이 일렁이면서 주변이 환해졌다.

"어때? 진담휘. 내가 꾸민 무대가 마음에 드나? 네 고통에 찬 얼굴을 똑똑히 볼 수 있을 이 무대가."

"크하하하! 좋아, 정말이지 눈물 날 정도로 좋구나!"

천류영은 심호흡을 했다.

이제 자신이 할 수 있는 건 다했다.

밤중의 불빛은 아주 작은 것이라도 먼 거리에서 볼 수 있다. 사한현에 있을 독고세가 일행 중 누군가가 멀리서 불길을 보고 궁금증을 품기만을 기다릴 수밖에 없었다.

그들이 보기에 대략적인 방향이, 자신이 있는 이곳이라는 것을 알아차리기를 기원하는 수밖에.

그리고 이번 도박은 꽤 승산이 높다고 천류영은 확신했다. 갈림길에서 헤어질 때, 독고설을 비롯한 여러 사람들은 꽤나 불안한 표정을 지었으니까.

하지만 천류영도 모르는 것이 있었다.

이미 그를 걱정하는 사람들이 사한현에서 출발했다는 것을.

어쨌든 천류영에게 이제 남은 일은 하나였다.

독고세가 사람들이 올 때까지 버티는 것.

그리고 그것이야말로 가장 어려운 일이라는 것을 잘 알고 있었다.

그래도 그때까지 살 가능성이 전혀 없는 건 아니었다. 자신이 천천히 자근자근 밟아 주겠다고 했으니, 놈도 서두르지 않을 것이다.

천류영은 몽둥이를 양손으로 힘껏 움켜잡았다. 그리고 어설픈 자세를 취하며 진담휘를 쏘아보았다.

여유 만만한 진담휘는 고개를 흔들었다.

"기왕에 무대를 꾸미기로 했는데 관객이 더 많으면 좋겠지?"

"⋯⋯?"

진담휘는 수하 중 한 명을 불러 명했다.

"이 계집들을 깨워라."

천류영은 이를 악물고 말했다.

"정정당당하게 이길 자신이 없는 거냐?"

"크크큭, 왜? 네놈이 얻어터지는 것을 보여 주기는 싫다는 거냐? 그럼 네가 지껄인 것처럼 나를 이기면 되잖으냐?"

"어머니는⋯⋯ 곧바로 실신하실 거다. 아까도 봤잖냐? 그러면 내가 집중을⋯⋯."

진담휘는 귀찮다는 듯이 손사래를 치며 말했다.

"좋아. 네놈이 이런 무대를 꾸며 주었으니 나도 한 가지는 보답해 주지. 여동생만 깨워라."

수하가 준비된 물동이를 천수연을 향해 끼얹었다.

그녀가 꿈틀거리더니 천천히 눈을 떴다. 그러더니 화들짝 놀라 벌떡 상체를 일으켰다.

"아!"

그녀의 입에서 탄식이 흘러나왔다.

악몽이길 바랐다. 그러나 지옥 같은 현실은 계속 이어지고 있었다.

수연은 천류영을 보고는 눈물을 쏟아 냈다.

"오라버니."

"나는 괜찮다. 곧 저놈을 흠씬 패 줄 테니 마음 단단히 먹어야 한다."

수연은 오라버니가 무슨 말을 하는지 이해가 되지 않았다. 그러나 의식이 조금씩 명료해지면서 상황이 파악되었다.

지금 오라버니는 저 짐승과 대결을 하려는 것이었다.

진담휘가 몽둥이를 들어 올리며 말했다.

"자, 무대와 관객이 준비됐으니 규칙을 정해야지. 삼 회전 시합으로 하지. 반 각의 비무, 반 각의 휴식. 어떤가?"

진담휘는 두 번의 대결 동안 천류영을 농락하고 세 번째 죽이려는 것이었다.

천류영은 고개를 끄덕였다.

"좋아."

"그럼 시작할까?"

진담휘가 말이 끝나기 무섭게 땅을 박차고 날듯이 달려왔다.

콰직.

"커흑!"

진담휘의 몽둥이 끝이 천류영의 명치에 박혔다.

"오라버니!"

수연이 울부짖었다.

천류영은 숱한 매타작에 고통이 조금은 익숙해졌다고 생각했는데, 착각이라는 것을 깨달았다.

숨이 턱 막히고 살이 찢겨지는 듯한 고통이 전신을 강타했다. 다리에 힘이 풀려 절로 주저앉았다.

"크하하하! 이봐, 이제 시작이라고. 이러면 재미없잖아."

천류영은 부르르 떨면서, 꿈틀거리며 일어났다. 저항해야했다. 그래야 저놈의 변태적인 가학성이 충족될 테니까.

자신이 저항을 멈추면 놈은 흥미를 잃게 될 것이고 그러면 죽음이 찾아올 터였다. 자신 혼자만 죽는 게 아니다. 어머니와 여동생의 목숨도 함께 달려 있었다.

＊　　　　＊　　　　＊

야차검 조전후.

그는 자신의 거처에서 창밖을 보고 있었다.

저 멀리 어둠 속에서 한 곳이 유독 환했다.

불이 난 것이 자명했다.

"야차검님."

천류영의 호위를 맡아 함께 온 일행 중 막내 평우다.

"들어와라."

평우가 문을 열고 들어오다가 창가에 있는 조전후를 보고
는 말했다.

"마침 야차검께서도 저곳을 보고 계셨군요."

"그래."

"지금 모두 걱정을 하고 있습니다. 아무래도 저 불난 곳
의 방향이 천 공자께서 사는 곳이 아닐까라는 생각이 듭니
다."

조전후가 눈을 빛내며 진중하게 말했다.

"맞다. 우리와 헤어진 갈림길에서 이각 정도 걸린다고
했지."

조전후는 한 손을 뻗어 어둠에 잠겨 있는 한 지점을 가리
켰다.

"갈림길이 저 정도 위치였다. 거기에서 천 공자의 걸음
걸이로 이각을 계산해서 선을 그어 보면……."

조전후의 손가락이 검은 허공을 가로질러 불이 난 곳에서
멈췄다.

"딱 저쯤이지."

"맞군요. 무슨 일이 생긴 것이 아닐까요?"

"생겼지."

조전후의 딱딱한 목소리에 평우의 표정이 굳었다.

"설마 마교 놈들일까요?"

피식.

조전후는 고개를 저었다. 분명 천 공자는 마교는 아직 자신에게까지 신경 쓸 여력이 없다고 했다. 천 공자가 그렇게 말했으니 틀릴 리가 없었다.

"저건 축제다."

"예?"

"축제인 이유가 두 가지 있지."

말하는 순간 조전후는 아차 싶었다. 사실 생각난 이유는 하나였다. 그러나 하나라고 말하면 왠지 볼품이 없어서 자신도 모르게 두 가지라고 말해 버린 것이다.

평우는 귀를 쫑긋 세웠다.

"그게 뭡니까?"

"천 공자 가족이 오늘 고향에서 보내는 마지막 밤이다. 그러니까 잔치를 벌이는 것이지."

평우는 창밖의 환한 곳을 유심히 보다가 고개를 갸웃거렸다.

"그러기엔 불이 꽤 큰 것 같은데요? 저 정도면 집 한 채는 태워야 될 것 같은데……."

조전후의 눈동자가 흔들렸다. 평우의 말이 일리가 있었다.

"그건……."

"……."

"잔치를 크게 하니까 그런 거다."

"……."

평우는 잠시 침묵하다가 물었다.

"그럼 두 번째 이유는 뭡니까?"

"그건……."

평우는 귀까지 옆으로 돌려세웠다. 첫 번째 이유가 왠지 미심쩍어서 그런 것이다.

조전후는 침을 꿀꺽 삼키고 말했다.

"기밀 사항이다."

"예? 왜입니까?"

평우는 어처구니없다는 표정을 지었다. 저런 깡촌에 무슨 기밀 사항이 있단 말인가?

하지만 조전후의 표정은 굳건했다.

"알려 줄 수 없는 게 기밀이라는 것이다. 그런데 네가 왜 냐고 물어보면 어떻게 하느냐?"

평우는 이제 노골적으로 이상하다는 표정을 지었다.

"저기 죄송합니다만 크게 잔치를 벌이는 것과 기밀 사항이란 것이 어째 안 어울리지 않습니까? 잔치는 공개적인 것인데 기밀 사항은 비밀인 것이니까요."

"……!"

조전후의 눈이 흔들렸다. 그는 평우에게 알밤을 먹였다.

딱.

"앗! 왜 때리시는 겁니까?"

"너 똑똑하구나?"

"예?"

"죽엽청 마시러 가자."

"하지만 천 공자님이 계신 저곳은……."

"걱정할 필요 없다니까. 천 공자가 아까 말한 거 못 들었어? 아직은 안전하다고 말했잖아."

그는 천류영의 완전한 신봉자가 되어 있었다.

"그래도……."

평우는 조전후에 의해 질질 끌려 나갔다. 조전후는 절대 저곳으로 출동할 생각이 없었다.

천류영의 말을 절대적으로 믿거니와, 지금 저곳에는 아가씨와 풍운이 거의 당도할 시점이었다. 괜히 가 봐야 땀만 빼고 돌아올 것이라 확신했다.

*　　　*　　　*

꽈직.

진담휘의 몽둥이가 천류영의 등을 강타했다. 천류영은 입으로 피분수를 뿌리며 고꾸라졌다.

눈앞이 가물가물했다. 이제는 비명을 지를 힘조차 남아 있지 않았다. 그래도 일어나야 했다.

꿈틀. 꿈틀.

천류영은 땅바닥을 사지로 헤엄치듯이 움직였다.

일어나야 했다. 일어나야 했다.

아직은 쓰러질 때가 아니었다.

"크크큭. 이거 좀 재미가 없어지려는데?"

살기 어린 진담휘의 목소리가 천류영의 고막을 파고들었다. 천류영은 피눈물을 삼키며 허부적거렸다. 그러면서 무릎을 땅에 세웠다. 가슴을 당겼다.

그렇게 비틀거리면서 일어났다.

진담휘는 몽둥이를 어깨에 걸치고 하품을 하다가 피식 웃었다.

"좋아! 이것으로 이 회전 끝이다. 부디 반 각 동안 잘 쉬고 나오길 바란다. 크크크큭."

천류영은 비틀거리면서 평상으로 갔다. 그리고 그 위에 누웠다.

"하아아. 하아아……."

죽고 싶었다. 차라리 죽는 것이 훨씬 편할 것이다.

여동생 수연이 그런 천류영을 보다가 벌떡 일어섰다. 그리고 맨발로 마당을 가로질러서 활활 불타고 있는 집과 약간 떨어져 있는 부엌으로 들어갔다.

사람들은 의아해하면서도 관심을 두지 않았다. 설마하니 도망갈 것이라고는 상상도 할 수 없었으니까. 또한 도망가 보았자 금방 잡힐 것을 모를 정도로 멍청하지는 않을 것이었다.

수연은 금방 부엌에서 나왔다. 그리고 천류영에게 다가와서는 옆에 앉았다.

천류영은 동생의 손에 쥐어진 것을 보고 코끝이 찡했다.

금창약이다.

수연은 약을 자신의 손가락에 묻히고는 천류영의 얼굴을 보았다. 엉망이 되어 버려서 알기도 힘들어진 얼굴.

수연은 쏟아지려는 눈물을 꾹 참았다.

그녀도 이젠 알았다.

이제 곧 오라버니가 죽는다는 것을. 그리고 어머니와 자신도.

마지막 순간까지 울고 싶지는 않았다.

그녀는 억지로 웃었다. 그렇게 웃으며 약을 어디에 바를지 고민하다가 결국 한숨과 함께 말했다.

"약이…… 부족하겠네."

"……"

"그냥 얼굴만이라도 발라야겠다. 우리 오라버니 잘생긴 얼굴에 흉 나면 안 되지."

그녀는 이마에 약을 바르면서 찬찬히 천류영의 얼굴을 살폈다.

왼쪽 눈가가 찢어졌다. 왼쪽 귓불도 찢어졌다.

두 눈두덩은 마치 큰 혹처럼 부풀고, 코에선 아직도 피가 흘렀다. 입술도 다 터졌다.

"안 되겠다, 일단 씻어야지. 얼굴이 온통 피투성이라 상처가 잘 안 보여."

"수연아, 됐어. 씻을 시간 없다는 거 잘 알잖아."

"……."

"미안하다. 약한 오라버니가 싫지?"

수연이 고개를 저으며 말했다.

"오라버니가 왜 싫어? 내가 세상에서 제일 좋아하고 의지하는 사람이 오라버니인데."

천류영은 동생의 말에 미소 지었다.

"내가 저런 거지같은 놈에게 이리 얻어터지고 있는데도? 강하지 못한데도?"

"오라버니는 세상에서 제일 강해. 나와 엄마를 지켜 주기 위해서 이렇게 애쓰는 오라버니는…… 세상에서 제일 강한 거야. 그러니까 나한테 미안해하지 마."

"이 오라버니가 우리 수연이 호강시켜 줄게."

"필요 없어. 나는 몰랐어. 오라버니가 돈을 벌기 위해서…… 저런 사람 밑에서…… 많이 힘들었지? 미안해. 얼마나, 얼마나 힘들었을까, 얼마나 지옥 같았을까? 나는 그것도 모르고 오라버니가 올 때마다 노리개 하나 사 달라고 조르기나 하고……. 미안해. 흑흑, 정말…… 미안해."

"아니, 아니야. 난 괜찮았어, 정말이야."

"미안해. 몸도 약해서…… 오라버니가 그렇게 힘들게 번 돈을……."

"걱정하지 마, 수연아. 내가 앞으로 호강시켜 준다니까."

수연이 손으로 눈가를 훔치고는 환하게 웃었다.

"응, 우리 잘살자."

"그래."

"저승에서는…… 우리 정말 행복하게 살자."

천류영은 억장이 무너졌다.

"이 바보야. 이승에서, 지금 이 세상에서 잘살아야지."

수연은 고개를 끄덕거리면서 말했다.

"나는…… 아무 곳이라도 상관없어. 엄마와 오라버니만 있으면 돼. 미안해, 저승에서는 몸도 튼튼할 거야. 그러니까 오라버니한테 짐이 되지 않고……."

천류영은 걷잡을 수 없이 쏟아지는 눈물 때문에 고개를 옆으로 들어 올렸다. 그러다가 그의 눈이 동그래졌다.

습막이 펼쳐져 뿌연 시야.

그 뒤로 익숙한 인영이 보였다.

사립문가에 서 있는 일남일녀.

"아!"

천류영은 반가움에 눈물이 봇물처럼 터졌다.

이 거친 세상에서 이젠 혼자가 아니었다. 저들이 함께 있었다.

4

독고설.

그리고 그녀를 뒤따라 합류한 풍운.

둘은 불타고 있는 집 앞에서, 칠 장여 거리에 위치한 아름드리나무 뒤로 몸을 숨겼다.

앞에서 벌어지고 있는 상황이 뭔가 심상치 않았다. 하지만 독고설은 돌아가는 정황을 파악하고 움직여도 늦지 않을 것이라 생각했다.

풍운이 낮게 속삭였다.

"설이 누님. 저 싸움 말려야 하는 것이 아닐까요? 완전 다구리당하는 것 같은데."

"쉿! 잠깐만. 아무래도 여기가 천 공자의 고향이 맞는 것 같은데. 설마 마교도들은 아니겠지?"

풍운은 독고설이 무엇을 걱정하는지 알고는 곧바로 고개

를 저었다.

"아니에요. 마인들 특유의 기도나 분위기가 없어요. 또한 저들 중에 딱히 고수로 보이는 이들도 없고요. 만약 마교가 천류영 형님을 척살하려고 자객들을 파견했다면 결코 저렇게 질 떨어지는 이들을 쓰지는 않았을 거예요."

풍운의 확신에 찬 말에 독고설은 순간 당황했다.

칠 장의 거리가 있었다. 또한 저들은 딱히 기운을 끌어올리고 있는 것도 아니다.

그런데 어림짐작이라 하더라도 저들의 경지를 파악한다는 것이 믿기지 않았다. 너무 놀라워서 당혹스러움까지 일 정도였다.

풍운에 대한 의문이 솟구쳤다. 하지만 지금 그보다 더 궁금한 것은 저 앞에서 벌어지고 있는 상황이었다.

"흠, 그래? 그렇단 말이지. 그럼 저 흑의인들은 누굴까? 단순한 왈패들로는 보이지 않는데."

눈앞을 가로막은 흑의인들의 틈 사이로 얼핏 보이는 대결.

한 사내가 복날에 개 잡듯 다른 사내를 일방적으로 패고 있었다.

평소라면 풍운의 말처럼 당장 나서야 했겠지만, 그녀는 신중했다. 일단 이 마을 어디엔가 있을 천류영의 안전을 확보하는 것이 더 급하다고 판단한 것이다.

독고설은 지금 망가지고 있는 사내가 천류영이라고는 꿈

에도 생각하지 못했다.

시야를 방해하는 흑의인들로 인해 파악이 되지도 않았을 뿐더러 지금 몰매를 맞는 인물의 상태는 산발에 전신이 피투성이였다. 그리고 얼굴도 피칠갑을 한 상태로 퉁퉁 부어 있었기에 독고설은 이 동네의 사내라고만 짐작했다.

"일단 주변의 집부터 수색해서 천 공자부터 찾는 것이 좋겠어."

하지만 그녀는 자신의 말을 마치자마자 아미를 찌푸렸다. 그제야 근방에 있는 모든 모옥들에 하나도 불이 켜져 있지 않은 것을 깨달은 것이다. 활활 불타는 집과 그 앞마당에서 펼쳐지는 괴이한 광경에 너무 몰두한 탓이었다.

순간 불길한 예감이 그녀의 심장을 파고들었다.

그때 풍운이 눈을 치켜뜨며 신음을 흘렸다.

"음…… . 아니, 아닐 거야."

풍운의 말투가 예사롭지 않음을 느낀 독고설이 물었다.

"뭐가 아니라는 거지?"

"설마 천류영 형님이 지금 대결을 하고 있는…… ."

독고설은 피식 웃었다. 방금 든 불길한 예감을 떨쳐 버리겠다는 듯이 고개까지 저었다.

"그 무슨 말도 안 되는 말이야. 천 공자가 무슨 까닭으로 저런 대결을 하겠어? 그는 싸움이라고는 전혀 할 줄 모르는…… ."

하지만 그녀는 말을 끝까지 잇지 못했다.

낄낄거리며 서 있던 흑의인들 몇 명이 땅에 주저앉았다. 그리고 대결을 펼치고 있던 두 사내가 눈에 시원하게 들어왔다.

독고설은 순간 얼음이 되었다.

그다. 천류영이다!

도저히 아까 헤어졌던 천류영이라고 볼 수 없었지만, 본능적으로 간파했다. 그 아닌 다른 사람을 상상할 수 없었다.

풍운 역시 아연한 눈으로 전면을 주시하며 넋 나간 것처럼 중얼거렸다.

"천류영…… 형님."

금방이라도 쓰러질 듯이 비틀거리며 걷던 그가 평상 위로 허물어지는 모습이 눈과 가슴에 꽂혔다.

황당함과 분노가 극에 달하다 못해, 넘쳐 버리면 오히려 차분해진다.

지금 두 사람이 그랬다.

둘은 자신도 모르게 양손을 꽉 말아 쥐었다. 그리고 앞으로 나섰다.

가까이에서 확인해야 했다.

저 비극의 현장에 있는 주인공이 정말 천류영인지.

오랜만에 가족들을 만난다며 수줍게 기뻐하던 그인지.

신형에서 터져 나올 것 같은 기도를 힘겹게 갈무리하고 그렇게 조용히 다가가며 오누이의 대화를 들었다.

그 대화가 너무 절절해 가슴이 먹먹했다. 주먹 쥔 손이 덜덜 떨렸다. 심장이 터져 나갈듯 아팠다.

그러다가 그가, 천류영이 고개를 돌렸다.

천류영과 독고설의 눈이 마주쳤다. 그리고 그가 함박 웃으며 피눈물을 쏟아 냈다. 그 피눈물을 보며 독고설은 자신의 정신이 나락으로 떨어지는 기분을 느꼈다.

천류영인데 천류영이 아니었다.

요즘 신기하게 제법 준수해 보이기 시작한 그의 얼굴은 온데간데없이 사라지고, 참혹한 모습만 그 자리에 있었다.

이 사람이 그동안 얼마나 힘든 삶을 살아왔는지, 백 마디 말보다 지금의 한 장면만으로도 충분히 느껴져 가슴이 갈가리 찢기는 듯했다.

그의 여동생 말처럼 얼마나 힘들었을까? 얼마나 고통스러웠을까?

낄낄거리며 잡담을 늘어놓던 흑의인들 중에서 한 표사가 눈을 치켜뜨며 입을 열었다.

"어? 뭐야? 저들은?"

그의 외침에 모두가 고개를 돌렸다. 그리고 그들은 두 가지 이유로 충격을 받았다.

저 낯선 일남일녀가 지척에 왔을 때까지 자신들이 전혀 몰랐다는 것과, 여인이 생전 처음 보는 엄청난 미녀라는 점에.

독고설은 남장을 벗어던지고, 얼굴에 분칠까지 하고 온 것이다. 천류영 가족에게 예쁘게 보이고 싶다는 무의식의 발로였다.

화르륵.

쿵! 쿵쿵!

타고 있던 지붕의 일부가 결국 방과 마루로 무너져 내렸다. 다행히 바람은 모옥 뒤편으로 불었기에 마당으로 불이 번지지는 않았다.

일렁이는 불빛을 고스란히 받고 있는 독고설의 미모는 가히 압도적이었다.

이미 짐승들이 되어 있는 표사들, 특히나 진담휘의 눈빛이 욕정으로 일렁였다. 그들은 독고설의 아름다움에 취해서, 지척까지 오는 것을 전혀 눈치채지 못했다는 것조차 망각해 버렸다.

독고설은 아무 말도 하지 않고 단숨에 천류영에게 다가갔다. 그러자 천류영이 상체를 일으키며 그녀를 맞았다.

독고설이 입술을 바르르 떨며 말했다.

"미안해요."

그녀의 짧은 말에 깊은 울음이 담겼다. 형용할 수 없는 아픔이 일렁였다.

"고맙습니다. 벌써 올 줄은…… 불을 보기 전에 출발하신 거군요. 저를 걱정해서……."

천류영의 대꾸에 독고설의 눈에서 한 줄기 이슬이 뺨을 적시며 흘렀다.

"그렇게 보내는 것이 아니었는데…… 미안해요, 정말 미안해요."

천류영이 쓴웃음을 머금고 고개를 저었다.

"소저께서 자책할 일이 아닙니다. 제가 거절하지 않았습니까? 제 탓입니다. 그리고 다시 뼈저리게 느꼈습니다."

"……?"

"자신은 결국 스스로만이 지킬 수 있다는 것을 말이죠."

독고설은 그런 천류영을 보며 다시 눈물이 왈칵 쏟아질 것 같아서 잠시 고개를 위로 올려야만 했다.

한편 진담휘는 독고설의 미모에서 깨어나 눈살을 찌푸렸다.

이들은 서로 아는 사이였다.

그렇다면 살려 둘 수 없었다. 하긴 어차피 모르는 사이라고 해도 그대로 둘 생각은 전혀 없었다.

진담휘는 죽이라는 명을 내리려다가 곧바로 생각을 바꿨다. 이리 기막힌 절세가인을 그냥 죽일 수는 없지 않은가?

그는 사립문가에 있는 청년을 흘낏 보았다.

검을 지니고 있으나 앳된 풋내기다.

이 둘의 정확한 정체를 알 수는 없다. 그러나 대충 짐작은 갔다. 여인은 나름 괜찮은 가문의 영애일 것이고, 청년은 호위무사다.

이런 자들과 천류영이 어떻게 알고 있는 것인지는 모르겠지만 지금은 그게 중요한 것이 아니었다.

이 마을에서 벌인 학살을 숨기기 위해서라도 처리해야 할 존재들이었다.

진담휘의 입가에 비릿한 미소가 맺혔다. 그는 수하들에게 손짓과 턱짓으로 명을 내렸다.

자신이 계집을 맡을 테니, 너희들은 애송이 무사를 처리하라고.

표사들의 얼굴에 흉흉한 미소가 피어났다. 그들은 들고 있던 몽둥이를 땅에 내려놓고 검을 쥐었다.

독고설이 먹먹해 아무 말도 못하자 천류영이 눈을 빛내며 말했다.

"저는 강해지겠습니다. 강해질 겁니다."

아까 낮처럼 무시할 수도, 놀릴 수도 없었다. 그저 가슴이 쓰라릴 뿐이었다. 독고설은 슬픈 눈으로 고개를 끄덕였다.

천류영은 독고설을 보며 말했다.

"몇 합만 막을 수 있으면 족하다. 이런 식으로 제 스스로의 한계를 짓지 않을 겁니다. 그것이 얼마나 한심한 생각인지도 지금 깨달았습니다. 나는…… 독해질 겁니다."

독고설은 고개를 다시 끄덕였다.

그때 숨죽이고 있던 천수연이 진담휘와 표사들을 계속 주시하다가 빽 소리를 질렀다.

"조심하세요! 저들은 이 마을 사람들을 다 죽인 무서운 사람들이에요!"

그녀의 말이 채 끝나기도 전에 진담휘가 움직였다. 그는 겨우 몇 걸음 앞에 있는 독고설에게 다가가 그녀의 허리를 향해 몽둥이를 휘둘렀다.

쇄애애액.

순간 독고설의 한 발이 가볍게 땅을 찼다.

파라라라!

그녀의 옷이 바람에 펄럭였다. 그녀의 신형이 몽둥이 위의 허공으로 떠올랐다.

진담휘의 몽둥이가 애꿎은 허공만 가르는 순간 독고설의 몸이 빙글 돌았다.

그녀의 공중 휘돌아 차기에 진담휘의 눈이 커졌다. 자신의 얼굴을 향해 쇄도하는 작은 발.

이건 너무 빠르지 않은가!

콰직!

"크허억!"

진담휘는 코뼈가 부서지는 고통에 비명을 지르면서 뒤로 나동그라졌다.

진담휘가 몽둥이를 휘두를 때, 표사들 중 하나가 풍운에게 달려들었다. 사실 풍운은 이들을 죽일 생각까지는 없었다. 그러나 천류영의 여동생인 천수연의 외침이 모든 것을 바꿨다.

풍운이 세상에서 가장 증오하는 것이 하나 있다.

바로 힘없는 사람을 죽이는 무림인이다.

풍운이 주먹을 내지르려다가 방향을 틀어 등 뒤의 검을 잡아챘다.

채앵.

전광석화처럼 뽑혀 나오는 검.

슈가가각.

검이 허공을 쪼갠다.

불타는 집으로 인해 붉은 공간이 은빛 검에 삼켜졌다.

"킥!"

선두의 표사는 비명과 함께 목을 움켜쥐었다. 그는 불신의 눈빛으로 풍운을 보았다. 영문을 알 수가 없었다. 놈이 검파를 잡는 순간 목에 화끈한 통증이 일었다. 그것이 전부였다.

그리고 마지막이었다.

털썩.

그가 힘없이 고꾸라졌다.

풍운의 분노 어린 음성이 허공을 두드렸다.

"나는 내가 익힌 무공을 별로 좋아하지 않아. 그래서 가능한 조용히 살고 싶은 게 내 꿈이지. 길고 가늘게 말이야."

아직 멀쩡히 서 있는 열 명의 표사들이 당황하며 검을 빼들었다. 그들을 향해 풍운이 말을 이었다.

"그런 내가 나도 모르게 욱하고 살기가 치미는 때가 있는데, 바로 너희 같은 쓰레기들을 볼 때야."

표사들은 서로 눈빛을 교환했다.

그들은 안타깝게도 자신들이 열 명이라는 숫자를 믿었다. 방금 보여 준 풍운의 일검이 얼마나 무서운 것인지 알 수 있는 실력이 아니었다.

"죽여!"

표사들 중 가장 고참인 중년인이 외쳤다.

그리고 표사들이 모두 풍운을 향해 달려들었다.

진담휘를 자빠트린 독고설이 풍운과 합류하려고 했다. 하지만 그녀는 싸움에 끼려는 뜻을 이루지 못했다. 그녀의 팔을 천류영이 잡으며 고개를 저은 것이다.

"왜?"

독고설은 질문하려다가 눈을 부릅뜨며 입을 쩍 벌렸다.

쇄애애액!

허공을 가르는 시퍼런 선!

풍운의 검에서 뿜어져 나온 기운이다. 그건 벼락이었다.

"컥!"

"크어억!"

"헉!"

선두의 세 표사들이 내지르는 고통의 단말마가 거의 동시에 터졌다.

앞으로 쇄도하던 그들은 입을 쩍 벌리고 고개를 아래로 떨어트렸다. 가슴에 하나의 선이 그어졌다.

검기!

상의가 찢기고 피부가 갈라져 핏물이 모습을 드러냈다.

풍운이 발을 내디뎠다.

한 발을 움직인 듯싶은데, 어느새 그의 몸이 최선두의 표사를 이미 지나갔다.

슈가가각!

"끄아아악!"

비명.

그 단말마가 채 끝나기도 전에 풍운의 검은 붉은 허공을 수놓았다.

쇄애애액!

폭풍처럼 터져 나오는 검풍, 쏟아지는 검기 다발!

"아아악!"

"너, 너무 빠르……."

두 표사가 검에 베이고 뒤로 나가떨어지면서 사립문과 충돌했다.

"죽여! 죽이란 말이야!"

최고참인 표사가 다시 고함을 질렀다. 그건 악다구니였다. 절규였다.

하지만 그의 간절한 외침이 끝나는 순간 다시 두 명이 목과 심장이 관통당해 고꾸라졌다.

"고, 고수다!"

남은 다섯 표사들의 얼굴에 그제야 두려움이 찾아왔다. 모든 것이 촌각의 시간에 일어났다. 그리고 아직 끝나지 않았다.

파파파아앗.

현란한 검의 찌르기가 멈칫한 표사들의 심장을 관통했다. 속절없이 무너지는 표사들.

그리고 마침내 최고참 표사만 남아 멍한 표정을 지었다. 감히 저항할 생각조차 들지 않는 압도적인 힘에 그는 넋이 나가 버렸다.

자신들은 사신을 건드린 것이었다. 그것을 너무 늦게 깨달았다.

슈아악!

서걱.

섬전과도 같은 칼이 허공을 베었다.

툭.

데구르르.

마지막 남은 표사의 목이 베어지고 그의 수급이 땅으로 떨어져 굴렀다.

그에 정신을 수습하며 일어섰던 진담휘가 공포에 젖어 바르르 떨었다.

찰칵.

풍운의 칼이 검집 속으로 사라졌다.

쿵. 쿵.

심장이 찔렸으나 아직 서 있던 두 명의 흑의 표사들이 기우뚱거리다가 허물어졌다.

충격이 사위를 강타하며 깊은 정적을 만들어 냈다.

아직 살아 있는 사람들.

독고설, 천수연 그리고 진산표국의 국주 진담휘.

그 셋은 불신의 눈으로 풍운을 보았다. 오로지 천류영만이 어느 정도 짐작하고 있었다는 듯이 쓴웃음을 지었다.

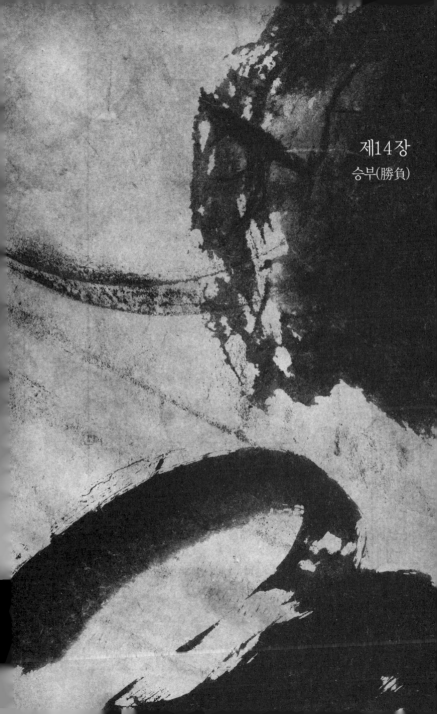

제14장
승부(勝負)

1

충격에 빠져 있던 이들 중 독고설이 가장 먼저 정신을 차
렸다.

그녀는 고개를 절레절레 흔들었다. 풍운이 보여 준 가공
할 쾌(快)와 군더더기 하나 없는 깔끔한 동작도 놀라웠지만
가장 놀라웠던 것은 검기였다.

"하아아. 검기라니……."

검에 기운을 담아서 그것을 표출할 수 있는 경지.

흔히들 검기상인(劍氣傷人)이라고 부른다.

검기상인의 의미 중에 가장 중요한 것은 시전자의 능력이다.

무공의 경지가 절정에 이르렀다는 것.

세인들은 그런 무인을 가리켜 절정고수라고 부른다.

일기당천(一騎當千). 즉, 홀로 일천의 적을 상대할 수 있다는 꿈의 경지.

무적검 한추광이 서른한 살의 나이에 절정고수의 반열에 올라 정파무림에 충격을 선사했다.

그런데 지금 풍운은…… 고작 스무 살이었다.

스무 살 이전, 절정의 경지에 오른 사람이 수천 년 무림사에 몇 명이나 있었을까?

최근 일백 년간 무림에서 그런 인물로 소문이 나 있는 사람은 천마검 백운회가 유일했다.

아마 풍운의 실력이 세상에 드러나면 천하가 경동할 것이다. 그리고 지금 후기지수들을 일컫는 오룡삼봉이니, 강호십이월이니, 하는 것들도 다 수정되어야 할 판이었다.

진담휘의 얼굴이 하얗게 질렸다.

너무 떨어 이가 딱딱 부딪치는 소리까지 낼 정도였다. 오줌을 지리지 않은 게 다행으로 보였다.

독고설은 풍운을 보다가 시선을 천류영에게 돌렸다.

"풍운도 대단하고, 천 공자도 대단하군요."

천류영은 풍운을 그의 호위로 콕 집어서 선택했다. 그녀는 당시 그의 선택을 보면서 혹시나 하는 생각을 했었다.

왜냐하면 마교와 싸울 때 보여 준 그의 안목을 알고 있는 몇 안 되는 사람들 중에 하나가 자신이었으니까.

대체 어떻게 그런 것이 가능한 것인지 이해가 되지 않아서 실소만 나왔다.

천류영은 아무 대꾸도 없이 평상에서 일어났다. 그리고는 내려 두었던 몽둥이를 다시 잡았다.

독고설이 쓴웃음을 삼키고 말했다.

"직접 복수하고 싶은 건가요?"

그럴 만했다. 이해가 됐다.

하지만 지금 천류영은 제 몸 하나 건사하기도 힘들어 보였다.

"독고 소저. 아까 제가 한 말 기억하십니까?"

"예?"

"독해지겠다고 했습니다."

"무슨 말을 하려는 거죠?"

천류영이 고개를 돌려 넋이 반쯤 나가 있는 진담휘를 보며 말했다.

"너! 살 수 있는 기회를 주겠다."

진담휘의 눈이 천류영에게 꽂혔다. 모두가 의아한 눈으로 보는 가운데 천류영이 터진 입꼬리를 비틀어 올렸다.

"날 이겨라. 그러면 살 수 있다."

"……?"

"마지막 삼 회전……. 시작하자."

"……!"

천류영의 선언에 풍운은 기함해 아무 말도 못했다. 그리고 독고설은 마치 화를 내듯이 윽박질렀다.

"천 공자! 그게 무슨 말이에요? 지금 몸도 제대로 못 가누면서 무슨 승부를 겨루겠다는 거예요?"

천수연도 일어나 외쳤다.

"오라버니! 미, 미쳤어요?"

수연은 방금 눈앞에 펼쳐진 광경이 무서우면서도 다행이라고 여겼다.

자신들을 구하러 나타난 이들이 엄청나게 강했고, 오라버니와 친분이 막역해 보였기 때문이다. 이젠 살았다는 환희가 가슴을 요동치게 했다.

왜 오라버니를 엄청난 미인이 '공자(公子)'라고 부르는지 의아했지만, 지금 그것을 물어볼 상황이 아니었기에 그저 침묵하고 있었다.

그런데 오라버니가 대결을 계속하겠다는 갑작스러운 말은 수연을 기절초풍하게 만들었다.

천류영은 진담휘에게서 시선을 떼고 수연을 향해 말했다.

"걱정하지 마라. 나는 멀쩡해."

그리고 독고설에게 이어 말했다.

"저자는 제가 상대합니다."

낭랑한 어조에 고집스러움이 단단하게 묻어났다.

독고설이 천류영을 향해 간청하듯이 말했다.

"복수는 우리에게 맡기세요. 천 공자의 지금 몸 상태가 어떤지 몰라서 그러세요?"

천류영은 고개를 젓고 단호하게 대꾸했다.

"복수의 의미도 있지만, 확인할 것이 있습니다."

독고설의 아미가 찌푸려졌다.

"확인요? 그게 뭐죠?"

"확실하게 몰라요. 그래서 그걸 지금 확인하려고 합니다."

독고설은 기가 차서 진짜 화가 치밀었다.

"아니, 대체 그런 말이 어디에 있어요?"

천류영은 천천히 발을 앞으로 내디뎠다. 그리고 마당의 중간에 서서 진담휘를 보며 말했다.

"와라."

진담휘는 독고설과 풍운의 눈치를 보며 어찌할 바를 몰랐다. 분명 살 기회가 생긴 것 같은데, 영 믿음이 가지 않았다.

독고설이 진담휘를 쏘아보다가 천류영을 향해 말했다.

"천 공자. 나는 지금 공자의 행동이 전혀 이해가 되지 않아요."

그녀는 천류영이 혹시 머리를 잘못 맞아서 문제가 생긴

것은 아닐까라는 걱정이 들었다. 그건 그녀뿐만 아니라 다른 이들도 마찬가지였다.

하지만 천류영은 특유의 중저음으로 담담하게 말했다.

"몸은 천근만근 무겁지만, 정신은 어느 때보다 명료합니다. 나를 믿는다면 맡겨 주십시오."

"못 믿겠으니까 그렇죠. 아까 갈림길에서도 믿어 달라면서요?"

독고설의 말에 천류영이 뒤통수를 긁적였다.

"그렇군요. 하지만 이건 제가 해야 할 승부입니다. 단순한 복수가 아니라 제 앞날이 달린 문제예요. 꼭 해야 합니다."

여전히 흔들림 없는 그의 표정을 보면서 독고설은 자신이 아무리 막는다고 해도 소용이 없다는 것을 깨달았다.

풍운이 우려담긴 눈빛으로 물었다.

"형님! 정말 괜찮은 겁니까?"

천류영은 고개를 끄덕이며 진담휘에게 시선을 고정했다.

"진담휘. 마지막 기회를 놓칠 건가?"

진담휘가 침을 꿀꺽 삼키고는 말했다.

"네, 네 말을 어떻게 믿지? 내가 너를 죽이면…… 네 동료들이 나를 가만히 두겠느냐?"

진담휘는 질문을 하면서도 여전히 혼란스러웠다. 천류영이 대체 어떻게 이렇게 무시무시한 자들과 친분이 있는 것인지 이해가 되지 않았다. 특히나 왜 천류영을 향해 공자라고 부르는지도.

그러나 그런 의문은 곧 죽게 될지도 모른다는 공포에 의해 묻혔다. 지금은 오로지 살기 위해서 머리를 최대한 굴려야 할 때였다.

"천류영. 이, 이렇게 하자. 내가 너에게 충분한 보상을 해 주겠다. 그러니까 여기 두 무사 분들에게……"

천류영이 고개를 저으며 그의 말을 끊었다.

"돌아가신 마을 분들께 지금 네 말이 얼마나 가증스럽게 들릴지 생각해 봤나?"

"그야 그들은 이미 죽었으니까 어쩔 수 없는 일이지 않나? 과거가 중요한가? 앞으로가 중요한 것이지."

천류영은 절로 실소가 맺혔다.

악당들이 즐겨 하는 말이다. 과거가 뭐 그리 대수냐는 말.

지난 일은 묻어 두고 미래를 보고 나아가자는 번지르르한 말은, 진실과 정의를 모독하는 것임을 저들은 모른다.

그렇게 과거를 묻어 두면 다시 악행은 반복된다. 그것은 세상살이와 역사가 주는 교훈이다.

야만의 군주가 되었던 진담휘.

그는 자신보다 강한 힘을 목격하고는 다시 눈치를 살피는 기회주의자가 되었다. 지금 꺾지 않으면 놈은 다시 언젠가

시커먼 야욕을 드러낼 터다.

천류영은 몽둥이를 땅에 박고는 그것에 몸을 의지하며 말했다.

"네가 사는 방법은 단 하나다. 날 이기는 것! 와라. 이미 삼 회전은 시작됐다."

진담휘는 답답했다.

천류영이 자신을 이긴다는 것은 있을 수 없는 일이다. 지금 대화의 논점은 빤한 승부의 결과가 아니라 목숨의 보존이었다.

"천류영. 좋다, 죽은 자들까지 섭섭지 않게 보상해 주겠다!"

천류영은 미간을 찌푸렸다. 억지로 정신을 차리고 있지만 육체는 휴식을 간절히 원하고 있었다. 당장이라도 누워 잠을 청하고 싶었다. 그래서 지금 싸워야 했다. 더 탈진해 의식을 잃기 전에.

"풍운!"

천류영의 부름에 풍운이 굳은 얼굴로 답했다.

"예, 형님."

"국주가 날 공격하지 않는다면 네가 저자를 죽여라."

풍운은 기가 찼다. 왜 이런 억지를 부리는지 이해할 수가 없었다.

그러나 독고설은 달랐다. 그녀의 눈에 이채가 흘렀다.

다른 사람도 아닌 천류영이 하는 말이었다. 그리고 그는 보통 사람들과 다른 기이한 재능을 가지고 있었다. 아무도 몰랐던 흑랑대주의 장단점을 단숨에 파악했고, 풍운이 고수임도 간파했다.

독고설이 고개를 끄덕이며 말했다.

"좋아요. 천 공자의 말을 따르겠어요."

그녀의 말에 풍운은 다시 한 번 기함했다. 점입가경이라더니 대체 누님까지 왜 저러는 것인가?

하지만 그녀의 선언은 진담휘에게 한 줄기 희망의 빛이었다.

"낭자, 진심이오?"

그의 질문에 독고설이 혐오스러운 눈으로 바라보며 고개를 끄덕였다.

"당신이 이긴다면…… 살려 주겠다. 내 마음 같아서는 당장 쳐 죽이고 싶지만, 이 일의 은원은 천 공자가 결정할 일이니까."

"그걸 어떻게 믿소?"

독고설이 싸늘하게 대꾸했다.

"믿지 않으면 지금 죽여 줄 수도 있다. 그걸 원하나?"

진담휘는 침을 꼴깍 삼키고는 금방 비굴한 표정이 되었다. 그도 이제 선택의 여지가 없다는 것을 깨달았다.

"하하하. 아름다운 분이시니 그 미모만큼이나 말의 무게도 남다를 것이라 믿겠소."

"경고하는데…… '네가 이긴다면'이라고 말했다. 이기기
만 해라. 만약 천 공자가 죽으면 이겨도 너는 죽는다."

"걱정 마시오. 그저 기절만 시키겠소."

둘의 대화에 천류영은 독고설을 보고 엷은 미소를 지었
다. 자신을 믿어 주면서도 걱정하는 마음씀씀이가 가슴으로
전해졌다.

진담휘 눈에 살 수 있다는 희망이 일렁였다.

강호의 고수들은 어지간해서는 허언을 하지 않는다. 또한
딱 보아도 사파가 아닌 정파 쪽의 무림인들이니 더욱 그럴
것이다.

살 수 있는 마지막 기회.

진담휘는 한차례 심호흡을 하고는 천류영을 마주 보았다.

툭 치면 쓰러질 것 같은 몰골을 보니 웃음이 나올 것만
같았다. 하지만 차마 그 표정을 드러내지는 못하고 심각한
표정을 지었다.

"천류영. 네가 선택한 제안이다. 후회하지 마라."

천류영은 고개를 끄덕이며 몽둥이를 들어 올렸다.

독고설과 풍운 그리고 천수연은 불안한 시선으로 천류영
을 보았다.

진담휘가 천류영을 향해 발을 내디뎠다.

그러자 결과가 빤히 보이는 승부인데도 불구하고 팽팽한

긴장감이 사위로 퍼져 나갔다.

어쨌거나 이번의 승부로 생사가 결정될 것이었다.

천류영은 천천히 다가오는 진담휘를 보며 두근거리는 심
장을 느꼈다.

떨리면서도 흥분됐다.

그리고…… 보였다.

진담휘의 눈동자가 자신의 어느 곳을 향하고 있는지 보였
고, 그의 오른쪽 어깨가 살짝 위로 올라가는 것이 보였다.
그의 손목과 팔꿈치가 흔들리며 올라서는 각도까지 합해지
며 한 가지를 말해 주었다.

진담휘가 노리는 곳은 자신의 머리다.

천류영은 그가 자신의 머리를 때렸던 그 순간들을 모두
생생하게 기억했다. 그 모든 장면들 속에 반복되는 허점이
있었다.

왼쪽 옆구리, 가슴과 아랫배, 그리고 하체.

거의 몸 전체가 틈이고 구멍이었다. 그건 진담휘가 고수
가 아니란 뜻이고, 동시에 천류영을 무시한다는 의미기도
했다.

하지만 지금 천류영에게 중요한 건 그것이 아니었다.

어설프더라도 자신이 반격할 수 있을까?

사실 진담휘에게 대결을 가장한 구타를 당하면서도 줄곧
머리를 떠나지 않는 것이 있었다. 보이는 허점을 자신이 공

격할 수 있을 것이냐는 스스로를 향한 질문.

그때는 공격해 보고 싶어도 그렇게 하지 못했다. 왜냐하면 당시엔 놈의 가학성을 충족시켜 줘야 했으니까.

괜히 놈으로 하여금 경계심을 가지게 할 필요는 없었으니까.

그러나 그 족쇄는 이제 풀렸다.

그리고 확인만 남았다. 이건 자신이 무공을 익히기로 결심한 상태에서 아주 중요한 순간이 될 것임을 천류영은 의식하고 있었다.

천류영은 숨을 들이켰다.

집중. 집중. 그리고 또 집중!

점점 더 다가오는 진담휘를 뚫어지게 보았다.

한편 진담휘는 기이하게 심장이 두근거리는 자신을 발견했다.

그냥 달려가서 '휙!' 하고 휘두르면 '퍽!' 하고 쓰러질 놈이다. 지금까지 버티고 서 있는 것만으로도 신기한 녀석이었다. 다른 건 몰라도 맷집은 인정하지 않을 수 없었다. 아니면 정신력일 수도 있었다.

어쨌든 놈은 약자고 자신은 강자였다.

그런 놈을 상대로 지금 진담휘는 자신이 긴장하고 있다는 것을 깨달았다.

묘한 압박감.

풍운이라고 불린, 말총머리의 청년 고수와는 전혀 다른 압력이 전신을 짓눌렀다.

진담휘는 그 실체를 알 수 없어 내딛는 걸음이 느려졌다. 하지만 이내 자신에게 압박을 주는 것의 정체를 깨달았다.

천류영의 눈.

바로 저 눈이었다.

처음 봤을 때부터 재수 없다고 생각한 눈! 경멸의 시선을 담고 있던 그 눈빛.

그런데 지금은 묘하게 느낌이 달랐다.

마치 깊은 바다를 보는 것 같았다. 마주 보고 있으면 빨려 들어갈 것 같은 암흑이 저 눈 안에 있었다. 마치 자신이 무엇을 하려는지 다 알고 있다는 듯한 오만한 안광이었다.

'서, 설마 내가 지금 겁을 먹은 건가? 겨우 저 비루한 놈의 눈빛 때문에?'

진담휘는 기가 차서 고개를 세차게 흔들었다. 그리고 무언의 압박감은 자신을 주시하고 있는 두 명의 무림인 때문이라고 생각했다.

"놈!"

그가 기합 담긴 욕설을 뱉으며 땅을 박찼다.

쇄애애액!

진담휘의 몽둥이가 허공을 갈랐다.

순간 묘한 빛을 뿜어대던 천류영의 눈이 침잠했다. 마치 어둠 속 고양이처럼 동공이 팽창하더니 다시 순식간에 작아졌다.

천류영의 팔이 어느새 밑으로 내려와 있었다. 그리고 그가 쥐고 있는 몽둥이도.

쇄애액.

진담휘보다 약간 늦게 출발한 천류영의 몽둥이가 위로 향했다. 그건 진담휘의 공격을 막으려는 수비가 아니었다.

천류영의 선택도 공격!

콰직!

퍼억!

두 타격음이 찰나의 시간 차이를 두고 울렸다. 그 광경에 모두가 경악 어린 표정을 지었다.

진담휘의 몽둥이는 아슬아슬한 차이로 천류영의 머리가 아닌 어깨에 떨어졌다. 일그러지는 천류영의 표정.

그러나 천류영의 몽둥이는 흔들림 없이 뻗어 나가 진담휘의 낭심에 꽂혔다. 정통으로…….

2

부르르르.

진담휘의 전신이 마비라도 된 듯 경직된 채 떨었다.

그리고 터져 나오는 비명.

"꾸어어어억!"

마치 돼지 멱따는 소리와 비슷했다.

진담휘는 들고 있던 몽둥이를 내던지고는 양손으로 제 물건을 감싸 쥐고 펄쩍펄쩍 뛰었다. 눈자위가 허옇게 풀린 그의 머리를 향해 천류영의 몽둥이가 다시 떨어졌다.

콰직!

"꺼어어억!"

진담휘가 숨넘어가는 소리를 토해 내며 앞으로 고꾸라졌다. 그런 그의 머리와 등을 향해 천류영이 몽둥이를 연달아 내려쳤다.

퍽! 퍽퍽퍽퍽퍽!

"으아아악! 살려, 살려 줘! 으아악!"

진담휘는 연방 비명을 질렀다. 머리와 등에 이어 옆구리와 허벅지까지 천류영의 몽둥이가 떨어졌다.

얼마 전까지 천류영이 그랬던 것처럼 진담휘의 전신에서 살이 갈라지고 피가 튀었다. 그러나 진담휘는 여전히 양손으로 거시기만 꾹 움켜쥔 채 데굴데굴 굴렀다.

천류영은 잠깐 숨을 고르고 이를 악물었다. 그리고 그의 팔이 크게 호를 그렸다.

쇄애애액!

퍼억!

양물을 꾹 쥐고 있던 두 손을 몽둥이가 강타했다.

"아아악!"

손이 떨어졌다.

쇄애애액!

콰직!

손이 사라진 그 위로 몽둥이가 작렬했다.

"껙!"

진담휘가 고통에 찬 단말마를 뱉더니 이내 사지를 벌리고 미동도 하지 않았다. 실신한 그의 입에서 게거품이 줄줄 흘러나왔다. 사타구니에서는 피가 흥건했다.

정적이 흐르는 가운데 불타는 소리만 탁탁 들렸다.

평범하되 평범하지 않은 천류영은, 비록 삼류 수준이나 무인을 이긴 것이다. 생쥐가 고양이를 물어 버린 것이다. 비록 진담휘가 전혀 경계하지 않았다고 하더라도 믿기 힘든 일이 벌어졌다.

천류영은 기절한 진담휘를 뚫어지게 내려다보았다. 그러고 사람들은 그런 천류영을 주시했다.

천류영의 입가가 씨익 올라갔다. 그 미소에 모든 이들이 부르르 떨었다.

마치 악마의 광기 어린 미소를 보는 것 같았다. 상대를 처참하게 무너트린 후 그것을 즐기는 듯했다.

타고 있는 불꽃이 피범벅인 그의 얼굴에 드리우면서 더욱 섬뜩한 느낌을 주었다.

오죽하면 풍운은 슬쩍 자신의 물건을 가렸고 수연과 독고 설도 말문을 잊고 멍하니 있겠는가?

혹시 천류영의 마음 깊은 곳에 숨어 있던 잔혹한 본능이 깨어난 건 아닐까하는 우려마저 들 지경이었다.

하지만 천류영의 미소는 그런 의미가 아니었다. 깨달음의 환희였다.

'찾았다. 내가 익혀야 할 무공이 무엇인지, 그리고 어떤 방향으로 나아가야 할지!'

자신보다 강한 자와 상대하는 방법.

천류영은 많지는 않아도 그렇다고 적지도 않게 싸움과 비무를 본 경험이 있었다.

압도적인 실력 차이가 나지 않는 이상, 패배는 결국 단 한 번의 결정적 공격을 막지 못했을 때 발생했다.

그리고 싸움에서 허점이 들어나는 순간은 십중팔구 공격할 때다.

상대의 공격을 막는 수비에 치중한다. 급소만 막으면 어떻게든지 버틸 수 있다. 그리고 한 번, 단 한 번의 공격을 반드시 성사시킨다면 반전! 승리를 거머쥘 수도 있었다.

지금이야 거의 탈진한 상태기 때문에 진담휘의 공격을 받아 줄 수 없었다. 그렇기 때문에 어깨를 내어 주면서 공격할 수밖에 없었다.

하지만 결국 자신이 가야 할 무공의 방향은 상대의 공격을 최대한 막아 내는 것이고, 그 틈바구니 속에서 허점을 찾아 그것을 공략해야 했다.

그 일 초식을 실패한다면 상대는 조심스러워질 것이니 반드시 한 번으로 끝내야 승산이 있을 터였다.

'내가 아무리 지금부터 부단히 노력하더라도 한계가 있다. 그러니 나는 일 초! 단 일 초식에 상대를 끝내야 한다.'

경일초(警一招)!

즉 천류영으로 하여금 무림서생이라는 별호와 함께 훗날 그의 일초를 경계하라는 별호가 생기게 만든, 전설의 작은 시작점이었다.

천류영은 머릿속이 핑핑 돌았다. 동시에 이제 끝났다는 안도감이 몰려들었다.

여전히 침묵이 감도는 가운데, 보다 못한 독고설이 천류영을 향해 다가왔다.

"천 공자, 당신이…… 이겼어요."

"……."

"축하해요. 그러니 이제 그만 쉬어요."

"……."

"천 공자?"

독고설이 그의 어깨를 잡았다. 그러자 천류영의 신형이 아래로 푹 허물어졌다.

억지로 힘과 정신력을 짜내 버티던 천류영도 결국 의식을
잃고 말았다.

                    *   *   *

검향장(劍香莊).

당문세가에서 반나절 거리에 위치한 장원으로 지금 이곳
에는 독고세가와 곤륜 그리고 현무단이 머무르고 있었다.

봄비가 추적추적 내리는 검향장의 후원.

꽃이 가득한 후원의 가운데 자리한 정자 안에서 세 명의
젊은이들이 원탁에 둘러앉아 차를 음미했다.

일남이녀(一男二女).

모두가 이십대의 청춘들로 선남선녀들이었다.

정자의 입구를 마주 보고 앉은 빙봉 모용린은 특유의 차
가운 얼굴로 미간을 찌푸린 채 차를 홀짝였다.

그러자 우측에 앉아 있던 열아홉 살의 귀엽게 생긴 여인
이 기지개를 켜며 입을 열었다.

"아우웅. 심심해. 이럴 줄 알았으면 사형, 남궁 공자님과
함께 밖으로 구경이나 나갈걸. 그런데…… 모용 언니께서는
왜 그리 화가 난 표정일까요?"

그녀의 의문에 맞은편에 앉아 있던, 시원한 이목구비를
갖추고 있는 청년이 히죽 웃으며 대꾸했다.

"쿡쿡쿡. 그야 화제의 인물인 무림서생을 보러 왔는데 벌써 며칠째 허탕치고 있으니 그런 거겠지."

그의 말에 질문을 꺼냈던 화산의 속가제자 화가연이 어깨를 으쓱하며 말을 받았다.

"혹시 모용 언니가 이곳에 왔다는 것을 듣고는 꼬랑지를 만 것이 아닐까요?"

무리 중 막내인 화가연의 말에 다시 청년이 화답했다.

"쿡쿡쿡. 그럴지도 모르지. 사실 내가 어제 주루에서 재미있는 소문을 몇 가지 들었거든. 그중에 무림서생에 관한 것도 있지."

그의 말에 침묵하고 있던 모용린이 눈을 반짝였다.

"팽우종 소협, 소문이라고 했나요?"

팽우종. 스물일곱 살.

정파의 팔대세가 중 하나인 하북팽가의 둘째 아들로 무림에서는 장남인 소가주보다 더 유명했다.

타고난 무골과 재능, 노력까지 더해져서 하북팽가에서는 내심 패왕의 별이 될 아이라 생각했던 시절이 있었다.

그러나 팽우종은 자신과 형을 비교하며 차기 가주 자리를 두고 분열하는 세가의 사람들을 보는 것이 싫어서 사 년 전부터 밖으로만 떠돌았다.

높은 곳까지 오를 수 있었으나, 스스로 바닥으로 내려온 인물.

사람들은 그를 가리켜 후기지수를 가리키는 말 중 강호십 이월의 하월(下月)이라 불렀다.

모용린의 질문에 하월 팽우종이 답했다.

"예, 빙봉. 들었지요. 소문 중에 두 개가 특히 재밌었습니다."

모용린과 팽우종은 또래다. 그러나 성격이 워낙 차이가 나서 친하다고 할 수는 없었다.

그리고 팽우종이 명문 무가의 자제라고는 하나 직위 하나 없는 백수였다. 반면 모용린은 무림맹의 우군사라는 높은 자리에 있었으니 사고방식이나 언행이 크게 달랐다.

모용린이 들고 있던 찻잔을 내려놓고는 물었다.

"두 개라. 둘 모두 무림서생과 관련된 건가요?"

팽우종이 고개를 저으며 답했다.

"아니, 하나는 무림서생, 하나는 천마검에 관한 소문이었습니다."

화가연이 호기심 가득한 얼굴로 끼어들었다.

"와아아! 요즘 무림을 달구는 인물들이네요. 뭔데요?"

팽우종이 모용린을 보며 물었다.

"어떤 것부터 듣고 싶으십니까? 단, 소문이라는 것을 미리 말씀드립니다."

정보의 사실여부는 확신할 수 없다는 뜻이다.

모용린이 잠깐 침묵하다가 입술을 뗐다.

"무림서생."

"쿡쿡쿡. 아무래도 책사의 직위를 가지고 있으니 경쟁심리가 있는 겁니까?"

팽우종의 말에 모용린의 이맛살이 일그러졌다. 그 표정을 본 화가연이 팽우종을 째려보았다.

"팽 공자님! 어떻게 비교를 해도 무림맹의 우군사인 모용언니와 무림서생을 비교해요? 그건 봉황과 뱁새를 견주는 거라고요!"

팽우종은 입맛을 다시며 미안한 표정을 지었다. 그러나 이내 정색하고 말했다.

"무림서생은 검향장에 오지 않고 곧바로 독고세가로 갈 것이라는 소문이 돌고 있습니다."

그의 말에 모용린의 얼굴이 서릿발처럼 차가워졌다. 화가연도 어이가 없다는 표정을 짓고는 말했다.

"그게 뭐예요? 그럼 우리가 왜 여기서 그를 기다리고 있는 거죠?"

팽우종이 호탕하게 웃음을 터트렸다.

"하하하. 가연아, 나는 빼 달라고. 나는 시커먼 사내 낯짝은 전혀 궁금하지 않거든."

"흥! 검봉 언니를 보고 싶다는 거군요. 아니, 청화 언니라고 해야겠네요."

"피 끓는 사내로서 무림오화는 다 봐야 하지 않겠어?"

화가연은 앙증맞은 입술을 삐죽 내밀었다.

"하여간 사내들이란."

팽우종은 화가연의 말을 받으려다가 자신을 직시하는 모용린을 보고는 피식 웃었다.

"깜빡했군요. 빙봉과 대화 중이라는 것을."

"무림서생이 왜 독고세가로 간다는 소문이 도는 거죠? 저는 독고가주님에게 그가 이리로 온다고 들었어요. 어떤 사고가 생겨 예정보다 미뤄지고 있지만, 분명 이곳으로 온다고 하셨는데 말입니다."

"그러니까 풍문이라고 했잖습니까? 어쨌든 소문은 무림서생이 빙봉 우군사님과 비교당하는 것이 두려워 독고세가로 갈 것이랍니다."

"음……."

빙봉은 찻잔을 움켜쥐며 나지막한 신음을 흘렸다. 자신을 피해 도망칠 가능성이 충분히 있다고 여겨졌다.

화가연이 다시 끼어들었다.

"천마검에 관한 소문은 뭔데요?"

팽우종이 갑자기 정색했다.

"이건 소문이 아닌 것 같다."

팽우종이 진지해지자 모용린은 궁금증을 느꼈다.

"천마검에 관해 어떤 말이 돈다는 거죠?"

"어제 갓 들어온 따끈따끈한 소문인데 말입니다. 그가

청성파 장문인께 비무첩을 보냈답니다. 일대일로 승부를 겨루자는."

모용린과 화가연의 눈동자가 동시에 휘둥그레졌다.

팽우종은 팔짱을 끼고 모용린을 직시했다.

"천마검은 자신이 패하면 스스로의 목과 함께 마교가 사천 땅에서 물러나겠다고 약속했답니다. 대신 청성파 장문인이 패하면 십 년간 봉문하라고 요구했다는군요."

모용린이 싸늘한 표정으로 대꾸했다.

"천마검은 일개 장수이지 마교 교주가 아닙니다. 그가 무슨 권한으로 그런 약속을 할 수 있겠습니까? 허무맹랑한 풍문이에요."

"글쎄요. 어쨌든 천마검은 마교주로부터 사천성 점령의 임무에 관한 모든 권한을 위임받은 사령관입니다. 또한 그가 마교에서 이룩한 명성을 고려하면 그저 허풍으로 치부하기엔 섣부른 감이 있지 않을까요?"

"인정해요. 가능성이 없는 건 아니죠. 하지만 과해요."

팽우종이 팔짱을 낀 채 어깨를 으쓱했다.

"예, 저 역시 인정합니다. 확실히 과하죠. 그래도 묘하게 설레더군요. 겨우 스물아홉의 청년이 구파일방 중 하나인 청성파 장문인에게 비무를 요청할 수 있겠습니까? 그것도 중원 침공이라는 거대한 전쟁의 서막에서 스스로 모든 것을 책임져야 하는 중압감을 가지고 있는 상황입니다. 그런데 그런 엄청난 제안을 할 수 있다니."

"……."

"저는 충격을 받았습니다. 한 사내의 배포가 그렇게 클 수 있다는 것에 말입니다. 태산이 높다 하더라도 천마검의 배짱에 비하겠습니까?"

팽우종의 말에 화가연도 충격을 받은 얼굴로 고개를 끄덕였다.

"마교의 마인들이 광오한 면이 있다고 들었지만 이건 정말 엄청나네요."

"그렇지? 게다가 그것으로 끝이 아니다."

화가연은 눈을 동그랗게 뜨고 물었다.

"또 뭐가 있는데요?"

"비무를 거절할 시……."

팽우종은 잠시 뜸을 들이다가 말했다.

"청성은 봉문이 아니라 멸문하게 될 것이다! 라고, 청성 파는 불타서 잿더미만 남게 될 것이다! 라고 선포했다더군."

"……!"

화가연의 입이 쩍 벌어졌다. 너무 놀라 입안에 고였던 침이 떨어졌을 정도였다.

하지만 모용린은 싸늘한 미소를 유지하며 입을 열었다.

"확실히 소문의 속성이 과장이란 것을 잘 알게 해 주는 대목이군요. 제가 이래서 저잣거리의 소문은 정보로 취급을 하지 않는 겁니다."

화가연이 고개를 절레절레 저으며 침을 쓱 닦고는 말했다.

"모용 언니 말처럼 너무 과하니 좀 그러네요."

팽우종이 팔짱을 풀고 양손을 들어 인정한다는 모습을 보였다.

"하긴 좀 그렇긴 하지. 하지만 내가 아까 말했던 거 기억나? 단순한 소문이 아닌 것 같다고 말했지."

"맞아요. 무슨 근거로 그런 말을 하신 거죠?"

"청성산 주변의 여섯 개 마을에 비무첩에 관한 내용을 적은 방문이 곳곳에 붙었다. 많은 사람들이 본 것이니 단순한 풍문으로 치부할 수는 없지 않을까?"

화가연의 표정이 굳어졌다.

"그럼 청성파에서는 왜 그런 사실을 모용 언니나 다른 정파들에게 알리지 않은 걸까요?"

팽우종이 아무 말도 못했다. 그러자 모용린이 입을 열었다.

"청성 장문인께서도 심리전에 불과하다는 것을 알고 계시니까."

"심리전요?"

화가연의 물음에 모용린이 고개를 끄덕였다.

"그래. 지금 사천 분타에 갇혀 있는 신세인 마교도들은 시간이 갈수록 초조해질 수밖에 없다. 점창파가 합류하면 대대적인 소탕이 시작될 테니까. 그러니 마교도들은 심리전을 펼쳐 청성파가 사문 밖으로 나오지 못하게 잔꾀를 쓰는 거지. 괜히 빈집을 털릴까 두려워하는 마음이 들게 하려는 거랄까?"

모용린의 말에 화가연이 '아!' 하는 탄성과 함께 빙그레 웃었다.

"역시 모용 언니네요. 그 말이 맞는 것 같아요."

"청성파를 공격한다는 것 자체가 말이 되지 않아. 청성파에는 이천 명의 검사들이 있어. 그곳을 공략하기엔 지금 사천분타에 있는 마교도들이 몽땅 몰려가도 버겁단 말이지."

화가연이 연신 고개를 주억거렸다.

"요새인 사천 분타를 그냥 내어 주고 청성파 공략을 위해 떠난다는 건 말이 안 되죠. 차라리 새외로 후퇴한다면 모를까. 맞죠?"

모용린은 고개를 끄덕이며 찻잔을 잡았다. 어느새 식어 버린 찻잔.

그녀는 차를 한 모금 들이키고는 말했다.

"무림서생이라는 작자가 그런 말을 했다더군. 천마검은 점창파가 합류하기 전에 청성파와 당문세가를 공격할 수 있다고."

잠시 침묵하던 팽우종이 피식 웃었다.

"그건 확실히 억측이군요. 불가능한 얘기입니다. 청성파 하나도 어려운데 당문세가라…… 쿡쿡쿡. 당문세가는 차원이 다르지요."

모용린이 고개를 끄덕였다.

"그렇지요. 마교도들은 지금 공격을 할 수 없는 처지예요. 사천 분타를 사수하거나 후퇴하거나. 그것만 가능하죠."

그러면서 모용린은 생각했다. 무림서생이 더 의심스럽다는.

천마검과 함께 심리전을 부추기고 있는 것인가!

그때 한 중년 무사가 후원에 들어서더니 허겁지겁 정자를 향해 달려왔다. 그는 정자의 입구에서 급히 말했다.

"우군사, 급보입니다."

모용린의 눈가가 살짝 일그러졌다.

"급보라니?"

"사천분타를 감시하던 이들 중 북서쪽에 있던 이들이 모두 숨겼습니다."

"……!"

모용린과 팽우종 그리고 화가연이 눈을 치켜떴다.

서북쪽 방향.

그건 청성산으로 가는 길목이다.

"매일 한 번씩 연통이 들어와야 하는데 아무 소식도 없어 그곳에 가 보니……."

모용린이 자리에서 벌떡 일어나 말했다.

"그렇다면 오늘이나 어제 당했다는 건가요?"

중년 무사가 굳은 얼굴로 고개를 저었다.

"이틀 전 새벽에 당한 것으로 추정됩니다."

모용린이 기가 찬 표정으로 이를 갈았다.

"지, 지금 그걸 말이라고 하는 건가요? 매일 점검한다면서 어떻게?"

"그것이…… 윗분들이 모두 사천 분타의 마교도들이 밖으로 나올 일이 없다고 해서……. 그래서 후퇴할 서쪽만 집중해 점검하고……."

모용린의 신형이 한차례 비틀거렸다.

그의 말처럼 자신이 그런 명을 내렸다. 서쪽을 집중적으로 보아야 한다고. 다른 곳은 십중팔구 별 일 없을 것이라고.

조직이란 것은 수장의 마음과 의도에 따라 움직이는 법이다. 자연스럽게 수하들은 수장의 생각에 따라 경중(輕重)을 정하고 판단한다. 그게 조직이라는 것의 특성이었다.

"그, 그래서 지금 내 탓이라고 하는 겁니까?"

"어찌 그런……. 아닙니다. 다만 취합할 중간 간부가 요즘 워낙 일이 많았던 터라. 아시지 않습니까? 지금 사천성의 성도 내에 잠입한 간자들을 찾아내는 작업이 워낙 어렵고 시간이 많이 걸리는 일이라……. 제보를 비롯해 하루에 쏟아지는 정보가 엄청나답니다. 그래서 그건 하루 정도 미뤄도 된다 생각한 것 같습니다. 가능성이 희박하다고 여겼을 테니까요."

모용린은 입술을 꾹 깨물었다가 말했다.

"사천 분타의 마교도들이 몽땅 빠져나간 건가요?"

"아닙니다. 정확한 파악은 불가능하지만 태반은 그대로 있는 것으로 보입니다."

중년 무사의 대답에 모용린의 이맛살이 잔뜩 일그러졌다.

천재라고 불리는 그녀의 머릿속이 핑핑 돌았다. 그러나 도무지 이유를 알 수가 없었다.

"몇 십, 혹은 몇 백이 빠져나와 청성산으로 향했다. 그리고 청성산 주변 마을에는 비무를 요구하는 비무첩이 도처에 붙었다."

그녀는 혼잣말처럼 중얼거리며 상황을 점검하려고 했다.

팽우종이 고개를 절레절레 저으며 입을 열었다.

"정말 모르겠군요. 전원이 아니라 소수가 빠져나왔다면 청성파를 상대할 수 없을 터인데. 대체 무슨 꿍꿍이일까요? 이것도 심리전일까요?"

"……."

"이럴 때 무림서생이라는 친구가 있었으면 조금 도움이

되지 않았을까요? 흠…… 독고가주님 말씀대로라면 곧 올 터인데. 갑자기 청화뿐만 아니라 무림서생 그 친구도 보고 싶어지는 군요."

팽우종의 난데없는 말에 모용린이 차갑게 말했다.

"지금 갑자기 왜 무림서생 얘기를 꺼내는 거죠?"

"아니, 난 그저…… 무림서생은 저들이 사천 분타 내에 박혀 있지 않을 거라고 했으니까……. 어쨌든 그걸 예상한 사람은 그가 유일한 것 아닙니까?"

모용린은 이를 악물고 손을 부르르 떨었다. 마치 자리에도 없는 천류영이 남긴 말 몇 마디와 자신이 승부를 벌이고 있다는 착각마저 들었다.

그러다가 문득 뇌리를 스치는 생각에 팽우종을 향해 물었다.

"천마검이 청성 장문인께 제안했다는 비무 날짜는 언제죠?"

팽우종이 곤혹스러운 표정으로 답했다.

"오늘 정오. 그러니까…… 바로 지금쯤이겠군요."

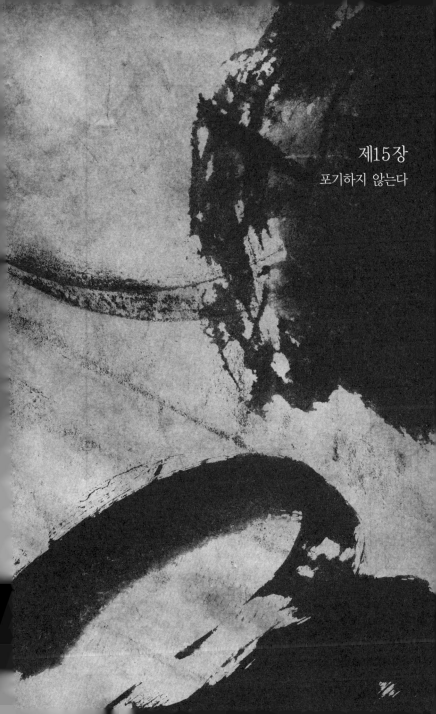

제15장
포기하지 않는다

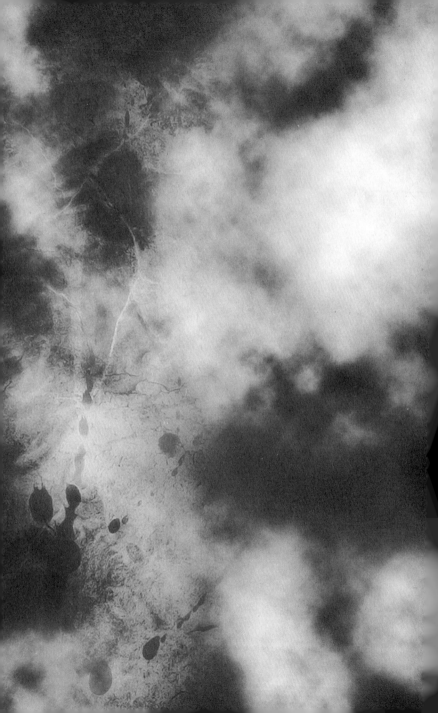

1

어제부터 오늘 아침까지 이어진 비가 지나간 하늘은 청명했다. 그러나 불타 버린 천류영의 집에서 가장 가까운 모옥 앞에 풍운이 어두운 낯빛으로 서 있었다.

천류영이 의식을 잃은 지 벌써 닷새째.

사한현에서 데리고 온 젊은 의원은 천류영을 살피고는 탈진했을 뿐이니 곧 훌훌 털고 일어날 수 있다고 장담했다.

그러나 그제로 사흘이 넘어가면서 천류영의 쾌차를 기다리는 사람들은 슬슬 걱정되기 시작했다.

의원조차 영문을 모르겠다며 덩달아 곤혹스러워했다.

원래 천류영은 이곳에서 하룻밤만 머물고 바로 성도로 돌아가려고 했다. 점창파가 올 때까지 마교의 움직임을 예의주시할 필요가 있었기 때문이었다.

독고설은 이틀 전에 천류영을 마차에 태워 성도로 옮기려고 했지만, 젊은 의원이 결사반대했다. 사흘이나 의식을 잃은 상태라면 의외로 심각할 수도 있으니 절대 안정이 필요하다는 의견이었다.

독고설 일행은 이러지도 저러지도 못하고 초조하게 발만 동동 구르고 있는 상태였다.

삐걱.

모옥의 방문이 열리며 독고설이 나왔다. 거의 잠도 못 이루고 천류영 옆에서, 그의 가족과 함께 병수발을 든 그녀는 닷새 만에 얼굴이 반쪽이 되어 있었다.

풍운은 혹시나 하는 생각에 그녀를 향해 물었다.

"설이 누님. 천류영 형님은 어떻습니까?"

독고설은 부스스한 머리를 쓸어 올리곤 고개를 저었다.

"똑같아. 내가 봐도 호흡도 고르고 상처도 나아가고 있으니 위중한 건 아닌데 왜 이렇게 오래 정신을 못 차리는지 모르겠어."

"몸의 한 가닥 남은 잠력까지 다 뽑았다는 얘기죠. 그게 가능한 건지는 모르겠지만."

그녀는 마루에 걸터앉고는 하늘을 잠시 보다가 우울한 어조로 물었다.

"다른 사람들은?"

"야차검께서 절반을 데리고 사한현에 갔습니다. 먹을 것도 좀 사 오고……."

풍운은 뒷마당에서 약을 달이고 있을 의원을 배려해서 목소리를 낮춰 말을 이었다.

"그리고 용한 의원이 있나 수소문해 본답니다."

"나머지 절반은?"

"혹시나 해서 마을 주변에 경계를 서고 있습니다."

독고설은 고개를 끄덕거리다가 풍운을 뚫어지게 바라보며 말했다.

"네가 절정고수란 건 언제까지 숨길 생각이었어?"

"……."

"네 사부님이나 사문을 물어보면 실례가 될까?"

풍운은 엷은 한숨을 내쉬고는 답했다.

"죄송합니다, 누님. 어떤 불순한 의도로 속이려는 생각은 추호도 없었어요."

"……."

"나중에 답해 드리면 안 되겠습니까?"

독고설은 풍운의 얼굴에 어린 복잡한 심사를 읽고는 고개를 주억거렸다.

"알았어. 대답을 강요하고 싶지는 않아. 억지로 대답하라고 하면, 내가 듣는 건 핑계나 거짓말일 테니까."

독고설은 양팔을 뒤로 뻗어 손으로 마루를 짚고는 정색했다.

"나 보다 겨우 한 살 어린 네가 절정고수라니…… 세상이 발칵 뒤집어질 얘기지. 나조차도 실감이 안 나니까. 어쨌든 하나만 솔직하게 대답해 줘."

"물어보세요."

"너…… 믿어도 되는 거지?"

풍운이 머쓱한 얼굴로 고개를 끄덕였다.

"예, 누님."

그 말에 약간 굳어 있던 독고설의 표정이 풀렸다.

"그리고 또 한 가지. 이건 질문이 아니라 부탁이야."

"말씀하세요."

"너에게 무슨 사정이 있는지는 모르겠지만 출세하고 싶은 욕망이 없다는 건 알겠어. 가능한 가늘고 길게 살고 싶다는 말. 진심으로 느껴졌으니까. 하지만 힘을 가지고 있다는 건 결국 그 힘에 대한 의무와 책임이 생긴다는 걸 말해. 네가 원하지 않아도 너는 그 힘을 써야만 할 때가 생기는 거지."

"……."

"예를 들면, 네가 진산표국 표사들의 악행에 분노해 실력을 드러냈던 것처럼."

풍운이 고개를 주억거렸다.

"예, 알아요. 그러나 저는…… 제 힘을 별로 좋아하지 않아요. 정확히 말하면 제가 익힌 무공을 말하는 거겠죠."

풍운의 말에서 아픈 상처가 느껴졌다. 또한 자신이 익히고 있는 무공에 대한 적의가 감지됐다.

왜일까?

익히는 무공을 증오한다면 결코 절정의 경지까지 오를 수 없다. 그전에 수련을 때려 치웠을 것이다. 대체 어떤 사연이 있는 것일까?

"네가 세상에 드러나고 싶지 않다는 것은…… 출세 욕구가 없어서기도 하지만 무언가로부터 도망치고 싶은 거 아니야?"

그녀의 날카로운 질문에 풍운의 눈가가 살짝 떨렸다. 하지만 아무런 대답도 하지 않자 독고설은 피식 웃고는 말을 이었다.

"그래, 기다릴게. 네가 우리와 허심탄회하게 모든 얘기를 할 날을."

"부탁한다는 게 뭐죠?"

독고설은 마루에서 일어났다. 그리고 눈이 시리게 맑은 하늘을 보며 기지개를 켰다.

"천 공자를 부탁해. 너는 천 공자의 호위잖아. 앞으로는 어떤 일이 있어도 그의 곁에서 떨어지지 않았으면 좋겠어."

풍운은 침묵했다.

그리고 독고설은 기다렸다.

그녀의 판단으로 풍운은 오래 천류영 옆에 있을 것 같지 않았다. 왜냐하면 풍운의 가치관을 이제는 알았으니까.

천류영은 유명해졌다. 그러니 그의 호위인 풍운도 시간이 흐르면서 사람들의 눈에 띄게 될 터였다.

스스로를 드러내기 싫어하는 풍운이 이 부탁을 들어줄 수 있을지 독고설은 확신할 수 없었다.

그녀의 우려대로 풍운은 깊은 고민에 빠졌다.

그가 천류영의 호위를 맡은 이유는 천류영을 향한 호기심과 전투 시, 굳이 전면에서 싸우지 않아도 된다는 이유 때문이었다.

그래서 천류영에게 든 호기심과 자신의 무공 수위를 어떻게 알아챈 것인지에 관한 궁금증만 해결되면 떠날 생각이었다.

침묵의 시간이 길어졌다. 그리고 마침내 풍운의 입이 열렸다.

"형님이 이렇게 된 것은 분명히 제 책임입니다. 그 책임을 지겠습니다."

풍운의 말에 독고설이 모처럼 함박미소를 지었다.

"고마워. 꽤 든든해지는 느낌인데."

"뭘요. 당연히 제가 해야 할 일인데요."

"그래도 고마워. 너 같이 앞날이 창창한 절정고수가 한 사람의 호위로 썩는다는 것은 미안하지만……."

풍운이 고개를 저으며 그녀의 말허리를 끊었다.

"이젠 누님도 아시잖아요. 저는 세상으로부터 주목 받는 걸 싫어한다는 것을."

독고설은 속으로 '글쎄?' 라고 생각했다.

그녀가 보기엔 난세가 준동하고 있었다.

자신이 코앞에서 본 천마검은 결코 호락호락한 인물이 아니었다. 그는 쉽게 물러서지 않을 것이다. 지금은 아니더라도 언젠가는 다시 그의 발톱을 세상을 향해 들이밀 것이다.

그리고 그로 인해 세상은 평지풍파를 겪게 될 터다. 그런 난세에서 절정고수인 풍운이 언제까지 조용히 살 수 있을까?

큰 나무는 가만히 있어도 바람이 가지를 흔드는 법. 하지만 일단 그가 천류영의 호위를 계속 맡아 준다는 것만으로도 충분했다.

"그러니까 더 고맙지. 내가 보기엔 천 공자는 앞으로 날개를 달고 천하에 이름을 날릴 사람이야. 그러면 너도 주목을 받게 될 텐데……."

독고설이 미안하다는 표정으로 말을 흐렸다. 그러나 풍운은 싱긋 웃으며 대꾸했다.

"제가 평생 천류영 형님 옆에 있을 수는 없어요. 몇 년 정도만 있다가 떠날 생각이에요. 대신 그때까지 형님의 수련을 적극적으로 도울 생각이에요. 형님이 말한 것처럼 자신의 몸은 스스로 지킬 수 있을 경지까지."

풍운의 말에 독고설은 눈살을 찌푸렸다.

"천 공자가 그런 고수가 될 수 있다고 생각하는 거야?"

"누님도 닷새 전에 형님이 스스로 강해지겠다고 말할 때 그러라고 하셨잖아요."

"그야…… 그때는 상황이 그랬잖아. 거기에서 어떻게 매정하게 불가능하다고 말해."

풍운이 어깨를 으쓱하고는 천류영이 있는 방을 보았다.

"저도 그렇게 생각했었죠."

그의 말에 독고설의 눈이 가늘어졌다.

"지금은 생각이 달라졌다는 말인가?"

"예."

풍운이 단언하듯이 말했다. 그러나 독고설은 입맛을 다시며 시큰둥하게 대꾸했다.

"글쎄다. 물론 최악의 상황에서 진 국주를 이긴 건 놀라워. 하지만 당시 진 국주는 방심한 상태였어. 설마하니 천 공자가 그렇게 대담하게 같이 공격을 할 것이라고 누가 생각할 수 있겠어?"

"누님이 방금 말한 그 대담함이란 건 아무나 가질 수 있는 게 아니에요. 그건 다른 말로 용기라고도 하죠."

"용기라······. 나는 지금도 그건 용기가 아닌 만용이라고 생각해. 운이 좋았어. 다시 그런 일이 벌어진다면 나는 목숨을 걸고 말릴 거야."

독고설의 옹골찬 말에 풍운이 고개를 저었다.

"마교와의 싸움 때, 수많은 긴박한 상황에서도 형님은 결코 흔들린 적이 없었어요. 타고난 용사고, 전사 체질인 거예요. 물론 용기란 실행이 뒷받침되지 않으면 만용밖에 안 되죠. 그러나 형님은 스스로의 말과 의지를 실천하는 사람이에요."

풍운은 다시 천류영이 있는 방을 보며 말을 이었다.

"형님이 진 국주와 싸울 때 저는 충격을 받았어요. 제가 만약 형님과 똑같은 상태라면······ 전 절대로 진 국주를 이길 수 없어요."

풍운의 말에 독고설은 자신도 모르게 고개를 끄덕였다. 고양이와 생쥐의 싸움, 상대가 되지 않는 승부였다. 굳이 비유를 하자면 자신이 천마검을 상대하는 것과 같았다.

"그래, 대단했지."

"형님은 이미 진 국주가 자신의 머리를 공격해 온다는 것을 알고 있었어요. 무인에게 가장 중요한 안력을 가지고 있다는 것이죠. 또한 그 짧은 순간에 수비가 아니라 어깨를 내어 주며 맞 공격을 하는 결정을 했죠. 대단한 판단력이라 저는 그 순간 소름까지 돋았어요."

"……."

"그리고 저로 하여금 더 충격에 빠트린 건, 그 탈진한 몸으로 어깨에 상당한 충격이 가해졌음에도 불구하고, 뻗은 공격이 흔들리지 않았다는 점이에요."

풍운의 말에 그제야 독고설의 눈에도 이채가 스쳤다.

그러고 보니까 천 공자는 왼쪽 어깨를 강타 당했다. 그러니 오른손으로 뻗은 몽둥이는 당연히 목적지를 잃고 흔들려야 했다.

"그, 그건 그렇구나."

"형님은 왼쪽 어깨의 충격을 오른발을 옆으로 밀면서 흡수하고 지탱했어요. 즉, 오른발을 그렇게 옆으로 이동할 것까지 계산하고 몽둥이를 휘두른 거죠. 처음 몽둥이가 향한 방향은 낭심이 아니라 허리였어요. 그런데 오른발이 이동하면서 몽둥이가 향한 곳이 바로 급소인 낭심이 된 거죠. 형님은 애초에 낭심을 노리고 허리를 향해 공격을 한 거예요."

"……!"

독고설은 자신도 모르게 침을 꿀꺽 삼켰다. 지금 풍운의 말은 진 국주가 공격을 해 오는 순간, 천류영은 모든 것을 계산하고 움직였다는 것이다.

상대의 공격 방향, 힘의 강도, 그리고 그것을 자신의 어

깨로 받아 내는 순간 육체의 반응과 추후 공격에 미칠 영향
까지.

"그, 그게 가능한 건가?"

"불가능하죠."

"……."

"그런데 그 불가능을 형님은 가능하게 만들었어요."

독고설은 풍운의 시선을 쫓아 천류영이 있는 방을 보았
다.

"그래. 저 사람은…… 또 불가능을 가능으로 만들었구
나. 어떻게 그게 가능한 걸까?"

풍운은 피식 웃고는 답했다.

"이유는 하나죠."

"……?"

"포기하지 않아요."

풍운의 말에 독고설도 씩 웃었다.

"포기하지 않는다. 그렇군, 맞아. 그는 어떤 상황에서도
포기하지 않는구나."

"예. 돌아가신 아버지가 저에게 유언으로 남긴 말이 그
거예요. 포기하지 마라."

"……."

"모든 위대한 것은 바로 포기하지 않는 열정과 의지에서
나온다고 하셨어요."

독고설은 묵묵히 고개를 끄덕이다가 말을 받았다.

"그래. 나도 포기하지 않을 거야."

"예?"

"언젠가는 너를 넘어서겠다고!"

독고설의 말에 풍운이 손사래를 쳤다.

"그건 힘들 거예요."

"어쭈! 겨우 스무 살의 나이에 절정고수라 이거지? 지금 잘난 척 하는 거냐?"

독고설이 풍운을 째려보는 순간 방문이 덜컥 열렸다. 천수연이 마루로 나와서는 뒷마당을 향해 외쳤다.

"의원님, 의원님! 오라버니가 의식을 찾았어요! 눈을 떴어요!"

독고설과 풍운이 반색하며 방으로 뛰어 들어갔다. 젊은 의원 역시 한시름 덜었다는 표정으로 달려왔다.

*   *   *

쏴아아아!

하늘에 구멍이라도 났는지 거센 빗줄기가 쉼 없이 쏟아졌다.

청성산에서 삼십 리 떨어진 성도평원에 홀로 서 있는 청평객잔(淸平客棧).

바로 천마검 백운회가 청성 장문인에게 일대일 비무를 하자고 했던 장소다.

그래서인지 폭우가 퍼붓는데도 청평객잔에는 일백여 사람들이 운집해 있었다. 만약 날씨만 좋았다면 천 명이 넘게 몰렸을지도 몰랐다.

그러나 폭우와 진짜 비무가 이뤄질 것이라 생각하는 사람들이 별로 없었기에 일백 명 정도의 구경꾼만 모인 것이다.

청평객잔 앞의 너른 공터엔 청성파의 도사들 십여 명이 비를 맞으며 서 있었다.

도사들 중 중년의 사내 한 명이 손바닥으로 비에 젖은 얼굴을 한차례 쓸어 내고는 선두에 있는 노인에게 말했다.

"역시 오지 않는 것 같습니다. 그만 돌아가시지요."

모두가 동의하며 쓸데없는 걸음을 했다는 쓴 미소를 지었다. 그때 노인의 눈에 기광이 스쳤다.

"손님이…… 온다."

"예?"

모두가 의아한 얼굴로 안력을 높였다.

폭우가 쏟아지는지라 시야가 흐렸다.

쏴아아아아.

비오는 소리만이 사위를 울렸다. 그러나 반 각의 시간이 지나자 두 인마가 빗속에서 희미하게나마 모습을 드러냈다.

히이이힝.

말이 투레질하는 소리가 비를 뚫고 들려왔다.

그러자 청평객잔에 몰려 있던 사람들의 얼굴에 긴장이 어렸다. 혹시나 하고 오긴 했지만 정말 천마검이 나타날 것이라고 생각한 사람은 없었다.

철퍽, 철퍽, 철퍽…….

폭우로 인해 진흙탕이 되어 버린 대지를 두 마리 말이 밟으며 다가왔다.

청성 도사들이 침을 꿀꺽 삼켰다. 정말로 천마검 백운회가 나타나는 것인가? 그것도 겨우 수하 한 명만 데리고?

아닐 것이다. 그냥 지나가는 사람일 것이다. 하지만 정말 천마검이라면?

모두가 결론을 내리지 못하고 침묵하는 사이에 마침내 거리는 오 장여로 좁혀졌다.

흑의에 죽립을 쓴 사내가 말 위에서 오만한 시선으로 청성의 도사들을 훑었다. 그리고는 차가운 미소를 피어 올리고는 입을 열었다.

"관태랑."

그의 부름에 관태랑 부대주가 답했다.

"예, 대주님."

"선두의 노도사를 제외하고 모두 죽여라!"

"존명!"

2

느닷없이 떨어진 백운회의 명에 청성파 도사들의 눈이 휘둥그레졌다.

황당함, 어이없음 그리고 분노.

마주치자마자 밑도 끝도 없이 죽이라는 명을 내리다니. 더 기가 찬 것은 명을 받은 사내가 하마하더니 옆구리에 찬 검병을 잡고 천천히 발을 내딛는 것이었다.

중년 도사가 이를 갈며 소리를 질렀다.

"감히! 네놈들은 우리가 대(大) 청성파인 것을 모르느냐? 아니, 그전에 네놈의 정체부터 밝혀라. 누구냐? 정녕 네가 천마검이란 말이냐?"

그의 질문에 백운회가 손으로 죽립을 벗었다.

쏴아아아.

쏟아지는 빗줄기 사이로 훤히 드러나는 그의 얼굴.

폭우라고 해도 불과 오 장의 거리.

청성파 도사들의 눈가가 씰룩거렸다.

오른쪽 눈 밑에서 턱까지 이어지는 깊은 검상이 가장 먼저 눈에 들어왔다.

도사 중 한 명이 신음을 삼키고 외치듯 말했다.

"정말 천마검이란 말인가?"

약간 떨어져 있는, 청평객잔에 있는 구경꾼들도 술렁이기 시작했다.

마교의 총사령관인 천마검이 수하 한 명만을 대동하고 등장할 것이라고 예상한 사람은 단언컨대 단 한 명도 없었다.

예상을 하지 못했기에 충격은 더욱 컸다.

모두가 옆의 사람들과 수군거렸다. 그러면서도 그들의 눈은 천마검에 꽂혀 있었다. 동시에 조용히 발을 내딛고 있는 관태랑이란 사내도 주시했다.

철퍽, 철퍽.

무표정이던 관태랑의 입가에 희미하지만 살기 어린 미소가 맺혔다.

그것은 자신감의 표출.

그 미소는 청성파 도사들의 분노를 더욱 부채질했다.

겨우 한 명.

그것도 천마검이 아니라 수족으로 보이는 사내가 미소까지 지으며 다가서는 모습은 전의보다 화를 부채질했다.

백운회를 향해 정체를 물었던 중년 도사가 선두의 노인에게 말했다.

"발검을 허락해 주십시오. 이건 본파를 무시하는 행위입니다."

원래 싸우려고 온 것이 아니다.

만에 하나 천마검이 진짜로 나타난다면 우선 대화를 할 심산이었다. 그런데 이렇게 다짜고짜 공격을 감행한다면 받아 줄 수밖에 없었다.

피한다면…… 겁을 먹은 것으로 보일 테니까.

그의 요청에 노도사가 굳은 얼굴로 고개를 끄덕였다.

그러자 아홉의 청성 도사들이 동시에 발검했다.

차아아앙.

그들은 발검과 동시에 앞으로 뛰어나갔다. 고작 한 명을 상대로 아홉 명이 움직였다. 그건 천마검의 도발에 그만큼 화가 났다는 뜻이었다.

청성파!

그들은 사천 제일의 검사 집단이다. 당연히 자존심이 강했다.

사실 아미파를 비롯해 독고세가와 곤륜이 무림맹 사천 분타를 지원하러 갈 때 청성파도 무림맹으로부터 협조 요청을 받았다.

그러나 청성 장문인은 무림맹의 요청을 묵살했다.

그 이유는 다름 아닌 제갈천 총군사가 당문세가에 공을 들이고 있었기 때문이었다.

청성파는 당문과 견원지간(犬猿之間)이었다.

당문세가는 얼마 전까지 정파와 사파의 중간에 있었지만, 백오십여 년 전까지만 해도 사파로서 이름을 날렸다.

즉, 백오십년 전까지는 정파의 청성파와 사파의 당문세가가 사천성 제일자리를 두고 충돌하는 일이 잦았던 것이다.

물론 아미파 역시 사천성을 대표하는 정파였지만 남쪽에 자리한지라 거리가 멀었다. 그러나 청성파와 당문은 말을 타고 달리면 불과 하루 거리였다.

그러니 오랜 시간을 두 세력은 싸워 왔고, 희생된 이들도 적지 않았다.

당문세가가 백도무림과 흑도무림, 그 어디에도 속하지 않겠다고 선언한 백오십 년 후로는 서로 건드리지 않았지만, 가슴 깊숙이 자리한 앙금이 사라진 것은 결코 아니었다.

당금의 세상은 사천 제일 문파를 당문세가라 여겼지만 청성인들은 그것을 인정하지 않았다. 자신들이 사천의 최고 문파라는 자부심을 가지고 있었다.

그런 청성인들에게 지금 백운회의 도발은 굴욕적인 것이나 진배없었다.

"하아압."

가장 빠르게 뛰어나간 중년 도사가 관태랑을 향해 검을 휘둘렀다. 순간 관태랑의 눈에 기광이 스쳤다.

창!

섬전처럼 뽑혀 나오는 칼.

슈가가각!

관태랑의 칼이 발검과 동시에 허공을 꿰뚫었다.

"컥!"

어느새 중년 도사의 목울대에 관태랑의 검첨이 꽂혔다.

중년 도사의 검은 관태랑의 머리 위로 불과 다섯 치까지 접근했으나 거기까지였다.

후발선제(後發先制).

나중에 검을 뽑았으나 먼저 제압했다. 이것이 의미하는 것은 하나다. 현격한 실력 차이.

서걱.

관태랑의 칼이 중년 도사의 목 절반을 찢으며 허공으로 빠져나왔다.

모두가 경악해 눈을 부릅떴다. 달려들던 청성 도사들도 불신의 표정으로 멈춰 섰을 정도였다.

파라라라라!

관태랑의 몸이 한 바퀴 빙글 돌았다. 그러면서 그의 발이 진흙 밭이 되어 버린 대지를 격하게 쓸었다.

좌아아아악!

진흙과 빗물이 전면의 허공으로 비산했다. 마치 흙과 물의 벽이 전면에 세워지는 것 같았다.

청성 도사들은 동료의 허무한 죽음에 경악하는 가운데 시야를 가로막는 관태랑의 술수에 눈살을 찌푸렸다.

팟, 팟, 팟, 팟, 팟!

흙과 물의 벽을 뚫고 나오는 다섯 개의 붉은 검기!

"헉!"

"컥!"

선두에 있던 다섯 도사들 중 둘은 몸을 피했고, 한 명은 칼로 검기를 쳐 냈다. 그러나 나머지 둘은 가슴과 배에 얻어맞으며 뒤로 주르륵 밀려났다.

퍼어어엉.

흙과 물의 벽이 떨어지는 가운데, 그곳을 뚫고 관태랑이 범처럼 모습을 드러냈다.

쇄애애액.

쾌신(快身), 쾌검(快劍).

몸도 빠르고 칼도 빠르다.

그의 빠른 기습에 검기를 피했던 셋이 속수무책으로 쓰러졌다.

"으아아악."

"꺼으으윽."

둘이 비명과 함께, 한 명은 비명조차 지르지 못하고 세상을 떠났다.

최선두의 중년 도사가 쓰러지고 난 후 지금까지 벌어진, 그야말로 창졸지간에 일어난 사태에 지켜보던 구경꾼들이 입을 쩍 벌리고 말문을 잃었다.

약간 떨어져 있던 청성 도사들의 얼굴에는 이제 분노가 아니라 곤혹스러움과 두려움이 깃들었다. 그들 사이로 관태랑이 거침없이 파고들었다.

이 모든 것을 지켜본 노도사.

비에 젖은 그의 수염이 거칠게 떨렸다.

자신이 나서야 했다. 그러나 그는 그러지 못했다.

철퍽, 철퍽.

관태랑이란 사내의 뒤를 따라 천천히 말을 모는 사내, 천마검 때문이었다.

그가 가공할 무형지기로 자신을 꼼짝도 하지 못하게 압박하고 있었다. 조금이라도 몸을 움직이면 천마검의 일 수가 뻗어 나올 것이 자명했고, 노도사는 그 공격을 감당할 수 없을 거라 직감했다.

그저 기운을 뽑아내는 무형지기의 압박이 이렇게 심할진데, 그의 진검이 모습을 드러내면 그 위력이 어떠할지 상상조차 되지 않았다.

쩡쩡! 쇄애애액. 쩡!

"끄아아악!"

"아아아악!"

쇳소리와 비명이 연이어 들렸다. 그 모든 비명은 청성 제자들의 것이었다.

노도사는 입술을 지그시 깨물었다가 옆구리에 차고 있는 검을 뽑아 들었다.

스르르릉.

철퍽, 철퍽.

어느새 천마검이 그의 일 장 앞까지 당도해 있었다. 그리고 방금 전까지만 해도 노도사와 함께 서 있던 수하들은 모조리 쓰러져 미동도 없었다.

찰칵.

관태랑이 칼을 검집에 넣고는 천마검 옆에서 고개를 숙였다.

"끝냈습니다."

백운회는 고개를 끄덕였다. 그리고 노도사를 보며 말했다.

"너희 장문인의 뜻이 나를 무시한 것이라면, 나는 내가 한 말을 지킬 수밖에. 이미 경고한 것이니 새삼스러울 것도 없지 않은가?"

노도사.

그는 청성 장문인의 명을 받고, 만약 천마검이 진짜로 나타난다면 대화를 통해 다시 약속을 잡으러 나온 의성각의 각주였다.

의성각주가 이를 악물었다가 말했다.

"그렇다고 이렇게 다짜고짜 공격을 한단 말인가?"

"검을 뽑은 건 너희들이 먼저였을 텐데?"

"지금 그걸 말이라고 하는 건가? 네가 먼저 우리를 죽이라고 했다. 수장의 말이 가지는 의미를 모르는가? 네가 분명히 먼저 우리에게 살수를 펼친 것이다!"

의성각주가 분노를 줄기줄기 뿜어내며 외쳤다. 그러자 천마검이 피식 웃었다.

"좋은 말을 했군."

"……?"

"도사, 당신 말대로 수장의 말이란 그렇게 중한 의미를 갖는다."

"무슨 말을 하려는 것이냐?"

"네 장문인은 마교와 흑천련으로부터 사천성 점령을 위임받은 총사령관인 내 말을 무시했다는 뜻이지."

"……!"

"그 결과에 대해서는 이미 경고했다."

"그, 그건 네가 정말로 나타날 것이라고 생각하지 않았기 때문이다. 오더라도 네 말을 전할 전령이나……."

백운회가 싸늘한 음성으로 의성각주의 말허리를 베었다.

"청성의 수장은 그렇게 쉽게 허언을 한단 말인가?"

"……."

백운회의 눈이 비를 뚫고 아스라이 보이는, 거대한 청성산을 향했다.

"넌 살려 준다. 돌아가서 전해라. 청성 장문인, 그대가 날 무시하고 오판한 결과로…… 청성파는 세상에서 지워질 것이라고."

의성각주는 검을 쥔 손을 부르르 떨었다. 불과 일 장의 거리. 전력을 다한다면 죽이지는 못하더라도 적지 않은 부상 정도는 입힐 수 있을 것 같았다.

의성각주는 단전의 기운을 끌어 올리면서 말했다.

"청성파가 뉘 집 개 이름인 줄 아느냐?! 너는 그것이 가능하다고 믿는 것이냐? 우리는 청성파다. 저 거대한 청성산에 있는 사문에 일천오백의 검수가 있고, 주변 마을에 오백의 속가제자들이 있다. 유구한 역사를 자랑하는……."

백운회가 들고 있던 죽립을 갑자기 날렸다.

쇄애애액.

무서운 속도로 빙글빙글 회전하며 다가오는 죽립을 의성각주가 화들짝 놀라 검으로 내려쳤다.

콰아아앙.

"으음."

칼로 죽립을 내려쳤는데 폭음이 났다. 죽립에 백운회의 진기가 담겨 있었던 것이다.

신음을 흘리며 의성각주는 다섯 걸음이나 뒤로 주르륵 밀려났다. 그는 부들거리는 다리에 억지로 힘을 주어야 했다.

그러지 않으면 방금 입은 충격으로 쓰러질 것 같았기 때문이었다. 동시에 목구멍에서 올라오는 핏물을 꿀꺽 삼켰다.

백운회가 짜증스런 얼굴로 말했다.

"고작 청성파 따위의 자랑질이나 듣자고 온 게 아니다.

너희보다 더 강하고 역사도 깊은 소림이라도 상관없다. 중요한 건 내가 결정했다는 것이다. 너희를 지우기로. 세상에서 가장 중요한 것은 바로 그것이다. 바로 나의 의지."

"고작…… 청성파라고 했는가?"

의성각주가 노염에 휩싸여 살기를 씹으며 말했다. 그러자 백운회가 대소를 터트렸다.

"하하하, 하하하핫!"

그의 내공이 실린 웃음에 떨어지던 빗방울이 진저리를 치며 튕겨 나갔다.

그러다가 웃음을 끝내고 백운회가 의성각주를 쏘아보았다.

"너희들이 애송이라고 부르는 고작 스물아홉의 내가 신청한 비무조차 겁먹어 나타나지 않은 장문인이다. 그런 자를 내가 존중해 주어야 하는가?"

"그, 그건……."

"지금 그대가 무슨 말을 해도 모두 변명이고 핑계가 될뿐. 돌아가라. 가서 장문인에게 전해라. 내가 곧 목을 가지러 가겠다고. 이번에도 내 말을 무시한다면 지금과 똑같이 쓴 맛을 보게 될 터. 단단히 준비하라고 일러라."

"천마겸. 너는…… 정말 미쳤구나. 사령관이라는 자가 어찌 그런 황당한 말을 뱉을 수가 있는 것이냐?"

백운회는 피식 웃고 대꾸했다.

"그것도 좋겠지. 그대가 자부심을 가지고 있는 청성파가 한낱 광인의 칼 아래 스러져 가는 것도."

백운회가 말고삐를 잡아챘다.

히이이힝.

흑마가 투레질을 하며 몸을 돌렸다. 그리고 이내 그와 관태랑이 빗속으로 사라졌다.

그 모든 광경을 지켜보던 청평객잔의 구경꾼들은 여전히 입을 다물지 못했다.

*   *   *

의식을 찾은 천류영은 방 안에 있는 다섯 사람들을 천천히 훑어보았다.

어머니, 여동생 수연이, 독고설, 풍운 그리고 의원으로 보이는 젊은 남자.

천류영은 세 여인의 모습이 수척한 것을 보고 미안한 표정을 지었다.

"제가 심려를 끼쳤군요."

손목을 잡아 진맥을 하고 있던 의원이 엷은 미소로 답했다.

"확실히 조금 전보다 맥이 빠릅니다. 의식을 찾아 가장 큰 고비는 넘겼으니 며칠간 요양하면서 보약을 챙겨 드시면 별문제는 없을 겁니다."

그의 말에 모두가 안도의 표정을 지었다.

천류영의 어머니가 다행이라는 한숨을 쉬고는 말했다.

"여기 있는 설이 아가씨께서 우리보다 더 극진히 너를 살펴 주셨다."

천류영이 그 말에 독고설을 보았다. 굳이 어머니의 말씀이 아니더라도 그녀의 얼굴은 반쪽이 되어 있었다.

"고맙습니다, 독고 소저."

독고설은 제 손으로 머리를 쓸어 올리고는 고개를 저었다.

"아뇨. 제가 한 건 아무것도 없어요. 그냥 지켜본 것이 다인데요. 그리고……."

그녀는 말꼬리를 흐리며 천류영의 모친을 향해 부드럽게 말을 이었다.

"그냥 설이라고 하시라니까요."

"아닙니다. 제가 어찌……."

독고설이 무릎걸음으로 다가가 손을 마주 잡고는 고개를 숙였다.

"천 공자는 저와 많은 사람들의 목숨을 구해 준 은인이라니까요. 그런 천 공자의 어머니이시니 저를 비롯한 여러 사람들을 허물없이 대해 주세요. 부탁드려요."

천류영의 어머니, 유화(柳和)는 곤혹스러운 표정으로

어쩔 줄을 몰랐다.

처음에 독고설이 독고세가의 장녀라는 말을 듣고는 얼마나 놀랐는지 모른다. 무림에 살지 않아도 구파일방과 정파의 팔대세가 정도는 모르는 사람이 거의 없다.

무능력하고 탐관오리가 가득한 나라는 이미 치안을 사실상 포기한 지 오래, 세상은 실제 거대한 방파들 중심으로 돌아가고 있었던 것이다.

유화가 아무 말도 못하고 수연도 눈치만 보았다. 아무리 독고설이 허물없이 나와도 그녀들이 보기엔 독고설은 높은 곳에 위치한 사람이었다.

그러면서도 내심 뿌듯함이 가슴에 가득했다. 자신의 아들이, 자신의 오라버니가 이 사람들에게 '공자' 라고 불릴 만큼 귀하게 대접을 받고 있다는 생각 때문이었다.

풍운이 끼어들었다.

"그렇게 해 주십시오. 형님의 어머니께서 설이 누님에게 아가씨라고 하고 저희들에게 '무사님' 하면서 꼬박꼬박 존대를 하시면…… 형님의 입장이 난처해집니다."

아들이 그리고 오라버니의 입장이 난처해진다는 말에 유화와 수연이 어쩔 수 없다는 듯이 고개를 끄덕였다.

천류영이 그런 어머니와 누이동생을 보다가 입을 열었다.

"독고 소저 제가 얼마나 누워 있었습니까? 하루는 넘은 것 같은데…….”

그의 말에 풍운이 대신 답했다.

“하루요? 풋, 말도 마세요. 닷새째예요. 그동안 얼마나
가슴 졸였는지 아세요?”

풍운의 말에 천류영이 놀라 상반신을 벌떡 일으켰다.

“당장 성도로 출발해야 합니다!”

방금 전까지 조곤조곤 말하던 목소리가 아닌 고함이었다.
그에 모두가 놀랐다.

3

천류영은 고함을 뱉고 난 후, 온몸에서 이는 욱신거림에
얼굴을 가득 찌푸렸다.

“으윽.”

의원과 유화, 수연 그리고 독고설이 거의 동시에 천류영
을 잡았다.

“아직 무리하면 안 됩니다.”

“누워라.”

“누우세요!”

네 명, 여덟 개의 손이 천류영의 상체를 조심스럽게 밀어
서 눕혔다. 의원은 약을 마저 달여 오겠다고 방을 나서며 천
류영이 움직이지 않도록 신신당부했다. 그를 돕겠다며 유화

부인과 수연도 따라나섰다.

천류영은 입술을 잘근잘근 깨물며 잠시 생각에 몰두하다가 말했다.

"가야 합니다. 성도로 바로 출발해야 합니다. 닷새라니? 휴우우…… 너무 많은 시간이 지체되었어요."

그의 말에 풍운이 독고설을 보았다. 그동안 독고설이 얼마나 초조해하고 있었는지 알고 있기 때문이었다. 다른 사람도 아닌 천류영이 말했었다. 천마검은 곧 싸움을 재개할 것이라고.

그러니 성도에 아버지가 있는 독고설은 불안할 수밖에 없었다.

독고설은 천류영을 향해 어색한 미소를 지었다.

"예. 가야 해요. 하지만 지금은 아니에요. 사흘, 아니, 이틀만 더 쉬다가 가죠. 천하의 당문세가가 있는데 큰일이야 있겠어요? 청성파 역시 본가보다 훨씬 더 강한 문파고요."

"그건 그렇지만……."

"혼자 다 하려는 건 욕심이에요. 그들은 충분히 믿을 만한 저력을 가진 세력이니 너무 걱정하지 마세요. 그리고 천 공자가 조심해야 할 것을 서찰로 남겼으니까 괜찮을 거예요."

독고설은 가슴 한구석에 있던 불안감을 지우며 말했다.

그러자 천류영이 잠시 침묵하다가 대꾸했다.

"그들은 아직도 천마검을 애송이로 여길 겁니다. 사천 분타를 점령했으나 완벽한 승리를 거두지 못했으니까요. 하물며 저야 더하겠지요. 그러니…… 아무리 독고가주님께서 나서 주시더라도 제 당부는 묵살될 공산이 큽니다."

"……."

"아무래도 내일 떠나야겠습니다."

"그래도 그건 무리예요."

"아뇨. 어쨌든 저는 앞으로 독고세가에 몸을 의탁해서 살아야 합니다. 당면한 무림의 일을 외면해서는 안 되지요."

"그야 그렇지만……."

"먼저 사람을 성도로 보내야 할 것 같습니다. 독고가주님께 부탁드릴 것이 있어요."

"……?"

"그동안의 사정을 파악도 해야겠지만 미리 조사해 둘 것이 있습니다."

"급한 건가요?"

독고설의 물음에 천류영이 입술을 꾹 깨물며 침묵하다가 말했다.

"우려이길 바라나 꼭 확인하고 싶은 것이 있습니다."

곁에서 지켜보던 풍운은 고개를 절레절레 젓다가 끼어들

었다.

"형님은 의식불명의 상태에서도 일을 하고 있었던 겁니까? 자는 동안 꿈에서도 일한다는 얘기는 들어 봤지만, 이런 경우는 또 처음이네요. 형님! 쉴 땐 쉬어야 한다고요. 설이 누님 말처럼 궁지에 몰린 마교도가 뭘 할 수 있겠어요? 당문과 청성파에게 믿고 맡겨도 돼요."

하지만 천류영의 표정은 단단했다.

그 얼굴을 본 독고설이 한숨을 삼키고 고개를 끄덕였다.

"알겠어요. 조사할 것이 무엇인지 말해 주세요."

"준비할 것도 있습니다."

독고설이 피식 웃고는 대꾸했다.

"예. 뭐든 말씀만 하세요."

"일단 마교의 옷이 몇 벌 필요하고……."

그의 말에 독고설과 풍운의 얼굴이 흠칫 굳었다. 풍운이 질린 표정으로 천류영의 말꼬리를 잡아챘다.

"설마하니 사천 분타에 잠입한다는 말은 아니겠지요?"

독고설이 말을 받았다.

"그건 불가능하다는 거 알죠?"

둘의 서슬 퍼런 기세에 천류영이 쓴 미소를 머금었다.

"어찌 제가 그걸 모르겠습니까? 어쨌든 제 말이 끝날 때까지는 조금 기다려 주지 않겠습니까? 가급적 빨리 말하고 조금 더 자고 싶군요. 이상하게 잠이 쏟아져서."

독고설과 풍운이 약간 미안한 표정을 지었다. 그러면서
도 혹시 천류영의 머리가 잘못된 건 아닌지 걱정스러운
눈빛이었다.

하지만 이어지는 천류영의 말에 독고설과 풍운은 충격을
받은 얼굴로 입조차 벙긋 못했다. 어찌나 놀랐던지 말을 끝
낸 천류영이 다시 잠에 빠져들 때까지 멍한 상태로 있을 정
도였다.

풍운이 먼저 입을 열었다.

"설이 누님."

"……."

독고설이 아무 말도 않자 풍운은 시선을 천류영에게서 독
고설로 옮겼다. 그녀는 자신의 팔을 쓸며 팔에 돋아난 소름
을 진정시키다가 입을 열었다. 그제야 풍운은 자신도 소름
이 돋았다는 것을 인지했다.

"풍운, 네가 가야겠다."

풍운이 고개를 끄덕였다.

"예. 그런데…… 형님의 가정(假定)이 진짜로 벌어진다
면, 아니, 이미 진행되었다면 어떻게 되는 거죠?"

독고설이 눈을 감았다.

"사천 정파 무림의 종말이겠지. 더불어 진짜 난세가 도
래할 터이고."

"……."

"그러니까 네가 늦기 전에 서둘러야 해."

"알겠습니다."

"방금 천 공자가 말한 건 다 기억하고 있지?"

"제 머리도 꽤 쓸 만해요. 천류영 형님 같은 괴물과 비교만 하지 않는다면."

풍운이 자리를 박차고 벌떡 일어났다.

방문을 열고 후다닥 나간 풍운을 잠시 바라보던 독고설은 잠자고 있는 천류영을 물끄러미 보다가 한숨과 함께 중얼거렸다.

"늦었다면 어떻게 되는 걸까요? 천 공자는 막을 수 있을까요? 부디…… 포기하지 말고 힘을 내주세요."

그녀의 하얀 손이 여전히 부어 있는 천류영의 얼굴을 부드럽게 쓸었다. 그리고는 방문 밖의 눈치를 살피며 조심스럽게 그의 손을 자신의 양손으로 잡았다.

따뜻한 체온에 그녀의 입가에 미소가 피어났다.

＊　　　＊　　　＊

사천성 성도에서 서북쪽으로 백삼십여 리 떨어진 곳에 위치한 청성산은 무려 서른여섯 개의 봉우리를 가지고 있는 산이다.

청성산 천하유(靑城山天下幽).

청성산이야말로 천하에서 가장 아늑한 산이란 말이다.

높은 봉우리들과 울울창창한 숲 그리고 산정호수인 월성호를 비롯한 푸른 물이 청성산을 찾는 여행자들과 향화객으로 하여금 고즈넉하면서도 깊은 풍취를 느끼게 한다.

청성산은 뛰어난 절경과 더불어 그곳에 위치한 도가문파인 청성파로 인해 더욱 유명했다.

오랜 시간 사천제일세 자리를 당문세가, 아미파와 다퉜던 청성파.

당문세가가 무형지독을 만들어 내면서 사천제일의 자리를 차지했지만, 그럼에도 청성파는 세상의 어느 문파도 무시할 수 없는 구파일방 중 한 곳이었다.

청성 장문인, 청절검(淸絶劍) 장운.

정사각형처럼 각이 진 특이한 얼굴의 그는 그림자도 빠져나갈 수 없다는 절영수(絶影手)와 독문절기인 청운적하검(靑雲赤霞劍)을 이십 년 전인 사십 세 때 십성까지 익힌 절정고수였다.

그는 상청궁에 자리한 대전에서 장로, 제자들과 함께 있었다.

"그 천마검이라는 애송이가 말한 시간이 한참 지났는데 왜 의성각주는 돌아오지 않는 걸까?"

청절검 장운은 백운회가 보낸 비무첩을 손으로 펼친 채

중얼거렸다. 그러자 차기 청성파 장문인이 될 적전제자(嫡傳弟子)인 신검룡 나한민이 중년 특유의 묵직한 목소리로 말했다.

"사부님. 그 자리에 나가지 않은 것을 염려하시는 겁니까? 하지만 풋내기의 어설픈 장난질에 본파의 장문인께서 쉬이 움직이는 모습을 보인다면 천하의 조롱거리가 될 것입니다."

나한민의 말에 모두가 고개를 끄덕이며 동의의 표정을 지었다. 그러나 장운은 뭔가 마음에 들지 않는다는 표정으로 이맛살을 찌푸렸다.

그러자 장로 중 가장 고령인 청현진인이 입을 열었다.

"허허허. 장문인께서 뭔가 고민이 있는가 봅니다."

그의 말에 장운이 고개를 주억거렸다.

"예, 사형. 만약 천마검이 나타났을 경우가 아무래도 저어됩니다. 그렇다면 세상은 제가 무서워 나타나지 않은 것으로 보지 않겠습니까?"

청현진인이 허리까지 내려오는 허연 수염을 쓰다듬으며 미소를 지었다.

"천마검은 사천 분타에 숨어 있을 터인데 어찌 비무를 하러 올 수 있겠습니까? 그저 심리전에 불과하지요."

"예. 저도 지난번에 그렇게 결론을 내렸습니다. 하지만 뭔가 뒷맛이 좋지가 않군요."

나한민이 고개를 끄덕이며 말했다.

"이 또한 심리전인 것이라 생각합니다. 사부님께서 지극히 당연하고 옳은 판단을 내리셨는데도 찜찜한 기분이 들게 하는 것을 노린 것이겠지요."

모두가 고개를 끄덕였다. 그러나 장운은 좀처럼 얼굴을 펴지 않았다.

"그렇게 해서 천마검이 얻을 수 있는 것이 뭐가 있다고?"

나한민이 등을 꼿꼿이 펴고 말했다.

"원래 심리전이란 것이 그런 것이 아니겠습니까? 계속해서 말도 안 되는 허황된 짓을 꾸며 상대의 심기를 흐트러뜨리다가 결정적인 순간을 노리는 것이지요."

청현진인의 옆에 있는, 청성파의 율법을 관장하는 율사(律師), 청우 도사가 말을 받았다.

"저도 신검룡의 말이 옳다 여겨집니다. 상대가 이리 심리전을 펼칠 때에는 한 발짝 멀리 떨어져, 냉철하게 돌아가는 추이를 살피는 게 현명한 것이겠지요. 저들의 심리전에 말린다면 어리석은 오판을 하기 쉽습니다."

신중한 것으로 이름 높은 청우 율사까지 그리 말하자 장운 장문인은 고개를 끄덕이며 말했다.

"그럼 일단 의성각주가 돌아올 때까지 차나 즐기기로 하지요."

청현진인이 얼굴 가득 미소를 지으며 고개를 주억거렸다.

"그래야겠지요. 하나 이미 결과는 모두 알고 있는 것 아니겠습니까? 의성각주가 허탕을 치고 비에 젖은 생쥐 꼴이 되어 돌아오겠지요."

그의 말에 모두가 나직하게 웃음을 터트렸다.

하지만 그들의 희희낙락한 분위기는 채 일각도 지나지 못하고 깨졌다.

의성각주가 의성각의 제자들을 모두 잃고 홀로 상청궁에 나타난 것이다.

잠시 후, 청성산 전역에 비상이 걸렸다. 동시에 철통같은 경계망이 청성산에 자리했다.

청성산을 찾는 방문객도 출입이 금지되었다.

그러나 청성인들은 지극히 당연한 이러한 대처가 천마검 백운회의 의도라는 것을 아무도 몰랐다.

*　　　*　　　*

한낮에 내렸던 비가 저녁이 되면서 완전히 개인 검향장.

여전히 많은 이들이 머물고 있었지만 며칠 전보다 사람들이 많이 빠져나간지라 왠지 한산한 느낌마저 들었다.

독고세가와 곤륜의 부상자들이 모두 한중의 독고세가로

이동한 것이다. 그리고 현무단의 부상자들은 무림맹으로 돌아갔다.

그들에게 혹시나 해서 호위까지 붙여 주었다.

그래서 지금 검향장에 남아 있는 이들은 독고세가와 곤륜이 각각 팔십 명과 일백 명. 그리고 현무단 이십여 명으로 이백여 명이 전부였다.

그러던 참에 무림맹의 귀주 분타에 있던 백호단 일백 명이 검향장을 방문했다.

능운비가 수장으로 있는 현무단이 대개 실력 있는 후기지수들로 구성되어 있다면 백호단은 성격이 전혀 달랐다.

실력 있는 낭인들을 무림맹에서 고용했는데, 가장 젊은 낭인의 나이가 서른둘이었다. 구성 인원의 팔 할 이상이 사십대인 백호단의 성격을 한마디로 정의하면 거칠다는 점이었다.

그래서 전투 시 선봉으로 돌격과 같은, 가장 격렬한 임무를 맡는 곳이 백호단이었다.

그러니 거친 이들을 통솔하기 위해서라도 백호단의 단주는 고강해야 했다.

낭왕(狼王) 방야철.

오십이 세의 장년인. 그는 낭인 출신으로는 보기 드물게 절정 고수의 반열에 오른 자다.

강호에 있는 수많은 낭인들의 우상이기도 한 그는 무림맹

의 네 개 단, 즉, 현무단, 백호단, 주작단, 청룡단의 수장
들 중 무공 수위나 전투 경험으로 따지면 최고의 인물이었
다.

방야철.

그는 저녁 식사와 목욕을 마친 후 간편한 복장으로 홀로
후원에 나섰다.

중앙에 자리한 정자의 계단 앞에 화톳불이 하나 켜져 주
변 어둠을 조금이나마 몰아냈다.

그는 계단에 앉아서 물끄러미 화톳불을 바라보다가 고개
를 들었다.

비가 지나가 구름 한 점 없는 까만 하늘에 붉고, 푸르고,
하얀 별들이 넘실거렸다.

그의 눈이 은하수를 찾았고, 이내 패왕의 별을 보았다.

방야철은 그렇게 한참 동안 패왕의 별을 보았다.

왜일까?

낭인 출신답지 않게 반듯한 이마와 오뚝한 콧날의 수려한
외모를 가진 그의 눈은 우수에 차 보였다.

고독해 보이는 눈빛은 그렇게 패왕의 별을 보다가 고개를
내려 옆을 보았다.

후원에 한 여인이 들어섰다.

우군사, 빙봉 모용린.

방야철은 계단에서 일어나 엉덩이를 털고는 가까이 다가

온 빙봉에게 포권을 취했다.

"우군사를 뵙습니다."

모용린이 특유의 차가운 표정으로 목례했다.

"먼 길 오시느라 고생하셨어요. 제가 볼일이 있어서 마중을 하지 못했네요."

방야철은 가타부타 없이 가만히 서 있었다. 모용린은 그런 그를 보며 쓴웃음을 깨물었다.

무림맹의 수많은 무사들 중 과묵하기로 하면 한 손에 꼽을 사람이다. 당최 무슨 생각을 하는지 알 수 없는 모호한 인물이었다.

모용린은 방야철의 까만 눈을 보다가 속으로 혀를 차고는 말했다.

"총군사님께 명을 들어서 아시겠지만, 원래 백호단주님의 임무는 당분간 무림서생 천류영의 직속부대로 배속됨과 동시에, 그를 경호하는 척 하면서 감시하는 거였어요."

"……."

"그런데 일이 묘하게 꼬였어요. 무림서생이 고향에 간다고 하고는 아직까지 나타나지 않고 있지요."

방야철은 여전히 묵묵부답. 모용린은 갑자기 편두통이 몰려와 자신의 관자놀이를 엄지로 꾹꾹 누르며 말을 이었다.

"또한 그가 나타나더라도 과연 사군사라는 자리와 귀단을 받아들일지도 애매모호하게 됐고요."

"……."

"백호단주님, 듣고 계신 거죠?"

방야철이 고개를 끄덕였다. 여전히 대답하지 않는 그를 보며 모용린은 기가 질린 표정을 지었다가 다시 서늘한 표정으로 말했다.

"일단은 돌아가는 상황을 보고 결정을 내리기로 하지요. 그때까지는 이곳에서 수하들과 편하게 쉬면서 대기하시면 될 겁니다."

"……."

"그럼 숙소로 돌아가서 쉬세요."

그러나 방야철은 움직이지 않았다. 그저 물끄러미 화톳불을 보며 서 있었다.

결국 모용린이 다시 입을 열었다.

"그럼 조금 있다가 들어가시든지요."

그제야 방야철이 고개를 끄덕였다. 모용린은 묘하게 기분이 울컥했다. 그러나 원래 그런 사람인 것을 알기에 입술을 꾹 깨물고 돌아섰다.

그때 후원으로 한 사내가 뛰어 들어왔다.

하월 팽우종이다.

"아! 빙봉. 여기에 있었습니까?"

모용린은 날듯이 달려오는 그의 표정에서 뭔가 중요한 사달이 벌어졌음을 간파했다.

순간 머릿속에 떠오르는 한 가지 생각.

'설마 정말로 천마검이……. 하지만 그건 말도 안 돼!'

그녀는 긴장으로 인해 자신도 모르게 주먹을 불끈 쥐었다.

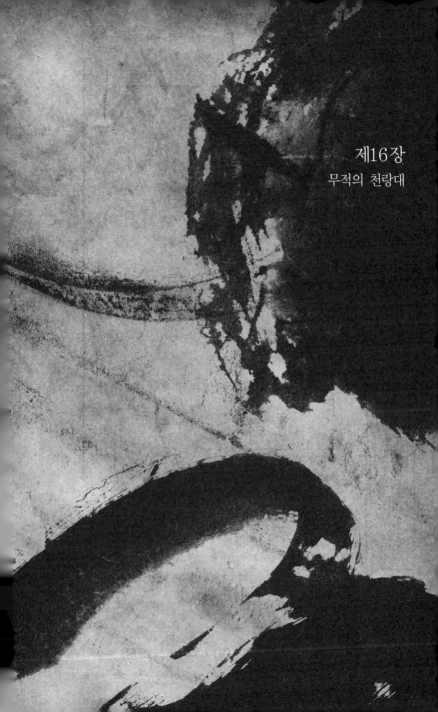

제16장
무적의 천랑대

1

　팽우종이 상기된 얼굴로 날듯이 달려오더니 방야철을 보고는 '어!' 하는 소리를 냈다가 급히 포권을 취했다.

　"반갑습니다. 낭인의 우상이신 백호단주 낭왕 대협이시지요? 대협의 명성은 익히 들었습니다. 저는 하북팽가의 팽우종이라 합니다."

　"자네가 하월이군. 방야철이네."

　방야철은 자신의 말을 마치고 앞으로 성큼성큼 걸었다. 그리고 누가 말릴 새도 없이 이내 후원을 빠져나갔다.

　팽우종은 황당한 표정으로 입을 벌리고 있다가 모용린에

게 물었다.

"빙봉, 제가 낭왕 대협께 무슨 실수라도 한 겁니까?"

싸늘한 표정의 모용린이 피식 실소를 뱉고는 고개를 저었다.

"팽 소협이 저한테 용무가 있을 것 같으니까 자리를 피해 준 겁니다."

"아! 그런 겁니까? 하지만 사람 무안하게, 쩝."

"원래 그런 성격이니 이해하세요. 그래도 예전에는 이 정도까지는 아니었는데…… 갈수록 심해지는 것 같네요."

팽우종이 혀를 내두르며 물었다.

"저 정도면 조직 생활을 제대로 할 수 있겠습니까?"

"그래도 일처리 하나만큼은 가장 확실한, 몇 안 되는 분이세요."

"하긴 낭왕 대협의 명성이 괜히 세상을 쩌렁쩌렁 울리는 건 아니겠지요."

"그런데 왜 저를 찾은 거죠?"

팽우종이 깜빡했다는 듯 급히 대꾸했다.

"아! 지금 독고가주께서 빙봉을 찾고 계십니다."

"독고가주께서요?"

모용린은 의외라는 기색으로 고개를 갸웃거렸다. 검향장에 온 이래, 자신이 찾아뵙기는 했어도 독고가주가 먼저 부른 적은 없었다.

당문세가에서 무림서생에 관한 의견 대립으로 인해 아직 경계심을 늦추지 않고 있는 독고가주였다.

"방금 청성파에서 날아온 전서구로 인해 발칵 뒤집혔습니다."

그의 말에 모용린이 입술을 질끈 깨물었다.

속으로 설마하며, 그럴 확률은 지극히 희박하다고 애써 뿌리치려고 했던 생각. 그러나 혹시나가 역시나라고, 팽우종의 입에서 나오는 말은 잔인했다.

"천마검이 수하 한 명을 대동하고 청평객잔에 나타났답니다. 그곳에서 청성파 의성각주님의 제자들 아홉이 천마검의 수하에게 죽었고요."

"아……."

모용린은 자신도 모르게 탄식을 흘렸다. 팽우종이 심각한 어조로 말을 이었다.

"청성파의 분노가 이만저만이 아닌 것 같습니다. 사천분타를 감시하기로 한 빙봉께 비난의 화살이…….'"

모용린이 손을 들어 그의 말을 제지했다. 그러고는 한차례 깊은 한숨을 뱉고는 격분했다.

"어처구니가 없군요. 물론 사소한 실수를 한 것은 인정해요. 그런데 청성파에서 저를 비난한다고요? 그쪽도 딱히 제대로 대처하지는 못한 것 아닌가요?"

팽우종이 어깨를 으쓱하며 대꾸했다.

"똑똑하신 빙봉께서 그걸 저에게 물어보면…… 저는 뭐라고 답해야 합니까?"

모용린이 어금니를 악물었다가 마치 윽박지르듯이 말했다.

"그러니까 팽 소협은 어떻게 생각하느냐는 질문이잖아요."

팽우종의 미간이 좁아졌다.

우군사, 빙봉 모용린.

자존심이 하늘을 찌른다는 그녀가 자신에게 의견을 묻다니!

늘 자신만만한 그녀가 천마검의 예상 밖 행보에 얼마나 당황했는지 알 수 있는 대목이었다.

"솔직히…… 빙봉이나 청성파, 양쪽 다 오판한 것 아닙니까? 그러니 누구를 탓하는 게 우습게 보입니다."

정말 솔직하게 견해를 말하는 팽우종이다. 모용린의 표정이 더 딱딱해지는 것을 보면서도 그는 담담하게 말을 이었다.

"그리고 지금은 지나간 일을 탓하기 보다는 상황에 대처해야 할 때가 아닙니까?"

"알고 있어요."

모용린은 찬 바람나는 목소리로 말하고는 발을 뗐다. 그러자 팽우종이 냉큼 모용린 옆으로 따라붙었다.

"빙봉. 청성파는 지금 청성산 전역에 걸쳐 비상령을 선포하고 일체의 방문객도 받지 않고 있답니다."

"적절한 대응이네요."

모용린의 대꾸에 팽우종이 고개를 주억거렸다. 그녀의 말처럼 지극히 당연한 대처였다. 문제는 그것을 천마검이 노리고 있다는 것을 모른다는 점이다.

팽우종은 모용린을 따라 일각대문을 통과하며 말했다.

"그렇지요. 그런데 대부분의 마교도들은 사천 분타에 머무르고 있다는 것을 알려 줘야 하지 않을까요?"

"그건 이미 전서구를 띄웠어요. 아마 지금쯤 도착했겠지요."

"아! 다행입니다. 그럼 청성파도 긴장을 풀겠군요. 그들은 사천 분타의 인원들이 죄다 자신들한테 몰려오는 줄 착각하고 있는 것 같더군요. 하긴 천마검이 전면전을 선포했으니 당연히 그리 생각할 수밖에 없었겠지요."

팽우종의 말에 모용린이 굳었던 표정을 풀고 고개를 주억거렸다. 그제야 청성파가 왜 자신에게 비난의 화살을 돌렸는지 이해가 됐다.

청성파는 사천 분타에 있던 마교도들이 모두 청성산으로 몰려오는 줄 알고 당황했던 것이리라.

모용린이 딱히 대꾸하지 않자 팽우종이 묘한 눈빛으로 말했다.

"그건 그렇고 대단하지 않습니까? 정말 천마검 그자가 직접 나타날 줄 누가 상상이나 했겠습니까? 그것도 겨우 수하 한 명만 대동하고 말입니다."

모용린은 무의식적으로 고개를 끄덕였다. 하지만 대단하다는 것에 동의하는 것은 아니었다. 오히려 반대였다.

천마검 백운회.

미친 사내다.

마교와 흑천련으로부터 선봉을 위임받은 사령관이 그런 행동을 하다니. 그자는 목숨을 여벌로 가지고 다닌단 말인가?

대체 그는 지금 무슨 생각을 하고 있는 것일까?

천마검을 생각하면 머릿속이 뿌옇한 안개로 차는 기분이 들었다.

미친 인간.

그래서 어떻게 나올 지 예측하기가 난해했다.

"혹시 무림서생이 여기 있었다면 천마검의 이번 행보를 예상했을까요?"

팽우종의 입에서 뜬금없이 무림서생이란 말이 나오자 모용린의 아미가 와락 구겨졌다. 천마검도 짜증났지만 천류영은 더했다. 그래서인지 입술 사이로 나오는 대꾸가 평소보다 더 차갑고 시큰둥했다.

"팽 소협은 본 적도 없는 무림서생을 꽤나 믿는 것

같네요."

"쿡쿡쿡. 그럴 리가요. 그저 호기심이죠. 독고가주님과 차를 마실 때 무림서생에 관해 툭 찔러 보면 아주 칭찬이 봇물처럼 터지니 어찌 궁금하지 않을 수 있겠습니까?"

모용린이 쓴웃음을 깨물었다가 반문했다.

"그게 정상으로 보이나요?"

팽우종이 어깨를 으쓱하며 답했다.

"글쎄요. 중요한 건 신중하기로 유명한 독고가주께서 그런 반응을 보인다는 것 아닐까요?"

"……."

"독고가주님은 천류영과 함께 마교와 싸웠습니다. 한순간의 실수로 수많은 목숨을 잃을 수 있는 전장에서 맺어진 사이라면…… 별거 아니라고 치부할 수는 없는 노릇이지요."

모용린의 발이 멈췄다. 얼마 전 당문세가에서 독고가주가 한 말과 비슷했다. 그녀는 고개를 돌려 팽우종을 보았다.

"팽 소협은 마치 피가 튀는 대규모 전장을 경험한 것처럼 말하는군요."

순간 팽우종의 눈동자가 흔들렸다.

그는 고개를 몇 차례 갸우뚱거리면서 입술을 잘근잘근 깨물었다. 그리고 검지로 귀밑머리를 긁다가 정색하고 말했다.

"한 번 있었죠."

모용린의 서늘한 표정에 흥미롭다는 관심이 어렸다.

"그런 얘기는 들은 적이 없는데."

"장강의 수적들을 토벌하는 싸움에 합류한 적이 있습니다. 승리하지도 못했을뿐더러 딱히 내세울 만한 공을 세운 것도 아니니 모를 수밖에요."

"……."

"그때 두 번 죽을 뻔했습니다. 살아난 게 다행이었죠. 당시 우리 쪽 책사가 말하길, 우리가 고수가 많으니 정면으로 밀어붙이면 된다고 해서 아주 생고생을 했었지요. 쿡쿡쿡."

"팽 소협이 수적들 따위에게 말인가요?"

그녀의 어이없다는 말에 팽우종의 웃던 얼굴이 갑자기 굳었다.

"수적 따위라……. 싸우는 곳은 뭍이 아니라 장강의 배 위였습니다."

"그래도……."

팽우종이 평소와는 달리 상대의 말을 중간에서 끊으며 말했다.

"그래도가 아닙니다. 중심을 잡기 힘든 배 위에서 실수로라도 떨어지면 끝장입니다. 물에 빠지면 수적들과는 상대 자체가 안 돼요. 그들은 모두가 수귀(水鬼)들입니다."

모용린이 고개를 끄덕이며 인정했다.

"그건 그렇겠군요."

"또한 수적들은 우리와 싸우는 것만이 아니라 배도 파괴하려고 했기 때문에 우리는 이중, 삼중으로 힘든 싸움을 해야 했죠. 배가 부서지는 것을 막아야 했고, 불을 꺼야 했고…… 동료들 중 누군가가 사소한 실수를 하면 배가 좌초되어 모두가 죽을 수도 있는 긴박한 싸움이었습니다."

"……"

"저는 전장에서 대규모 집단전이 얼마나 위험천만한 것인지 깨달았습니다. 나 혼자가 아닌 모두가 한마음 한뜻으로 뭉쳐야 승리할 수 있지요. 또한 책사의 역할은 절대적입니다. 그의 판단 하나에 수많은 사람들이 허망하게 죽기도 하고, 다행히 살기도 하지요."

모용린은 팽우종을 놀란 시선으로 말없이 주시했다. 늘 장난스럽던 이 사내가 이렇게 정색하고 열변을 토하는 모습은 처음이었다.

"전장은 괴물입니다. '아차' 하는 순간 모든 것을 집어삼키는 괴물이지요. 그 괴물은 금력, 무력, 지위고하, 배경 아무것도 따지지 않습니다. 닥치는 대로 삼켜 버리지요. 어지간한 사람들은 그 괴물이 주는 중압감에 눌려서 눈만 뜬 봉사처럼 목숨을 잃기 십상입니다."

"그렇군요. 그래서 팽 소협이 천마검과 무림서생에게 그리 관심을 두는 거군요. 전장이라는 괴물과 싸운 자들이니까."

"뭐, 그렇다고 할 수 있지요."

"재미있는 얘기 잘 들었어요."

모용린은 멈췄던 걸음을 다시 걷기 시작했다. 그러자 팽
우종이 그녀의 등을 물끄러미 보다가 말했다.

"진심으로 조언 하나 하죠."

모용린이 황당하다는 표정으로 고개를 돌리며 멈췄다.

"팽 소협이 지금 나한테 조언을 하겠다고 말한 건가요?"

"천마검을 지금 당신의 잣대로 판단해서는 안 될 겁니다.
그는 숱한 싸움을, 그 무지막지한 괴물을 끝없이 찍어 눌러
승리한 장수입니다. 그것을 인정해야 제대로 된 대책을 세
울 수 있지 않을까요?"

모용린의 얼음장 같은 얼굴에 금이 갔다.

"지금 그 말은 저를 못 믿겠다는 말로 들리는군요."

"쿡쿡쿡, 설마요. 빙봉은 저뿐만 아니라 누구나 인정하
는 천재입니다. 하지만 말입니다. 그렇기에 스스로의 생각
에 갇힐 위험이 있지요. 모든 가능성을 열어 두십시오. 나
는 머리가 딸려서 그게 안 되지만, 당신이라면 할 수 있지
않습니까? 왜냐하면 당신은…… 빙봉이니까."

모용린은 아무 말도 없이 팽우종을 뚫어지게 바라보았다.
그러다가 이내 살짝 입꼬리를 올리고는 희미한 미소를 지었
다.

"조언, 감사하게 받죠. 어쨌거나 나는 천마검의 이번 행보를 예상하지 못하는 실수를 했으니까. 워낙 그가 파격적으로 움직였으니 어쩔 수 없긴 했지만."

"나름 고심해서 한 말인데 받아 주니 고맙군요. 하지만 천마검을 여전히 쉽게 생각하시는 것 같은데……."

모용린이 손을 내저으며 팽우종의 말허리를 끊었다.

"조언은 고맙지만 내 생각은 변함이 없어요. 지금 천마검은 우리를 향해 심리전을 펼치고 있는 거예요. 그가 정말로 전면전을 할 것이라고는 상상할 수 없어요. 그는 곧 사천분타로 조용히 회군할 겁니다."

팽우종은 말없이 모용린을 보았다. 허공에서 엉키는 둘의 시선.

모용린의 아미가 일그러졌다.

"지금 제 말을 못 믿는 거군요."

"아니. 믿습니다. 저 역시 그렇게 생각하거든요."

"그런데 지금 보여 주는 그 눈빛은 뭐죠?"

"방금 빙봉께서 스스로 말했습니다. 천마검의 파격적인 행보를 예상 못했다고. 만약 그가 빙봉이나 모두의 예상을 뛰어넘는 파격을 계속 보여 준다면 어떻게 되는 걸까? 그런 생각을 했습니다."

"……!"

"또한 빙봉처럼 저도 그렇게 생각한다고 말했습니다.

모두가 생각할 수 있는 것. 그것을 천마검이 모를까요? 천마검은 당연한 것을 비틀고 있습니다. 그런데 우리는 계속 당연하다고 무시하고 있는 것이 마음에 걸립니다. 예전 장강의 수적과 싸울 때 저희 쪽 책사가 딱 그랬거든요. 현장은 변화무쌍한 법인데 계속 빤한 논리만 들먹였죠."

모용린의 눈이 침잠했다. 그녀는 잠시 침묵하다가 입꼬리를 비틀어 올렸다.

묘한 웃음.

"제가 한 방 먹었군요."

그녀는 서서 고개를 숙이고 팔짱을 꼈다. 독고가주가 찾는다는 것도 잊은 채 생각에 몰두했다. 그리고 일다경의 시간이 흘렀을 때 그녀가 고개를 들었다

"제가 청성산으로 가겠어요. 그곳에서 청성파를 도와 천마검을 상대하죠."

무림서생은 이곳으로 오지 않고 한중의 독고세가로 갔을 공산이 컸다. 그렇다면 지금 자신이 이곳에 머무르는 건 별 의미가 없었다.

팽우종이 '바로 그겁니다!' 라는 표정으로 고개를 주억거렸다.

"언제 가실 겁니까? 기왕지사 결심했다면 내일 아침 일찍 움직이는 것이 좋을 듯한데요."

모용린이 고개를 저었다.

"쇠뿔도 단김에 빼랬다고, 지금 독고가주님을 뵙고 바로 떠나겠습니다."

"이 야밤예요?"

팽우종은 적지 않게 놀랐다. 한 번 결심하니 실행력이 대단했다. 하긴 그러니 겨우 스물일곱의 나이에 무림맹 우군사의 자리까지 오른 것이리라.

"누가 알겠어요? 정상적으로라면 이젠 별일이 없어야 하겠지만, 천마검은 팽 소협 말대로 당연한 것을 계속 비틀고 있으니까요. 그러니 오늘 밤에라도 천마검이 무슨 일을 저지를지 모르죠."

"그건 그렇지요."

"현장에 가서 직접 보고 들어야겠어요. 저도 전서구로 간략한 정보만 들으니 답답했거든요."

모용린이 정말 답답했다는 표정으로 기지개를 켜자 팽우종이 웃으며 말을 받았다.

"쿡쿡쿡. 좋습니다. 제가 호위를 해 드리지요. 야아! 이거 기대됩니다. 마교의 천마검과 무림맹 우군사 빙봉! 부디 빙봉께서 정파가 녹록치 않다는 것을 마교도들에게 보여 주시길 바랍니다."

"글쎄요. 저는 사실 지금 가는 것이 헛걸음일 공산이 높다고 생각해요. 천마검은 지금 귀환 준비를 하고 있을 테니까요. 그러나 팽 소협 말처럼 그가 무슨 꼼수를 부릴지도 모르는 일이니 가는 겁니다. 또한 청성파에게 그동안 무림 맹이 소원하기도 했고요."

"뭐, 어쨌든 기대됩니다. 또 압니까? 그 유명한 천마검을 볼 기회가 있을지."

모용린은 그럴 일은 없을 거라는 듯이 고개를 저었다. 그러자 팽우종도 어깨를 으쓱하며 농이라는 표정을 지었다.

둘은 장난스럽게 한 말이 곧 현실이 될 것이라고는 전혀 짐작도 하지 못했다.

2

제법 경사가 급한 구릉의 아래.

언덕 밑으로 펼쳐진 어둠 속에서 백운회는 자신의 앞에 부복하고 있는 이들을 천천히 훑었다.

사천 분타에서 데리고 나온 삼백오십 명 중에서 조장과 고참들만 추린, 즉, 천랑대에서 최정예들만 뽑은 일백 명이었다.

천랑대는 마교 최강의 무력단체다.

그 이유는 세 가지로 요약할 수 있었다.

첫째, 천마검이 대주라는 것.

둘째, 천랑오마(天狼五魔)라고 불리는 절정고수들.

즉, 부대주 섬마검(閃魔劍) 관태랑부터 시작해 일조장

폭혈도(暴血刀), 이조장 귀혼창(鬼魂槍), 삼조장 수라마녀(修羅魔女), 사조장 마령검(魔靈劍).

절정고수는 어지간한 대방파에도 몇 명에 불과하다. 어떤 곳은 겨우 한두 명이다.

그런데 그런 절정고수들이 다섯이나 수하로 존재하는 곳이 바로 천랑대였다.

셋째, 용장 밑에 약졸 없다고 했다. 이런 고수들 밑에 약한 자들이 존재할 수 있겠는가?

백운회는 지난 십 년간 함께 손발을 맞춘 천랑대의 최정예들을 향해 말했다.

"청성파 접수를 위한 작은 싸움에 불과하다. 설마 긴장하는 이들은 없겠지?"

관태랑이 입을 열었다.

"여기 있는 일백이면 청성파 전체와 붙어도 자신 있습니다. 그런데 고작 이백오십의 하수들이야 우습지요."

그의 말에 모두가 어깨를 들썩이며 소리 없이 웃었다.

아무리 천랑대 일백 최정예라고 해도 청성파 전체와 싸운다는 건 어불성설이다.

하지만 설사 그런 일이 발생하더라도 결코 호락호락하게 당하지 않는다는 자신감이 모두에게서 자연스럽게 묻어났다. 자신들의 대주 천마검과 함께라면 말이다.

그들에게 천마검 백운회는 신앙에 가까웠다. 새외무림을 정복하는 지난 십 년 동안 그가 보여 준 것이 있기 때문에 가능한 것이었다.

"내가 그대들만 추린 이유는 하나다. 죽지 마라. 작은 부상도 용납하지 않겠다."

일백 수하의 입가에 잔잔한 미소가 일렁였다. 백운회는 그들과 천천히 눈을 마주치고는 힘주어 말했다.

"자, 이제 출발할 시간이다."

백운회의 말에 모두가 일어났다. 놀라운 건 일백여 명이 동시에 움직였는데도 불구하고 일체의 소음이 없다는 점이었다.

백운회는 그들을 보며 나직하게 그러나 힘 있게 말했다.

"자랑스러운 천랑대의 동료들이여!"

천랑대가 출진할 때마다 외치는 구호다.

일백여 수하가 나직하게 백운회의 말을 받았다.

"우리가 꿈꾸는 것을 위하여! 새로운 세상을 우리 힘으로 열리라!"

백운회가 돌아서 옆에 있는 흑마에 오르며 마지막 구호를 수하들과 함께 외쳤다.

"그리하여 마침내 우리는 전설이 되리라!"

*　　　*　　　*

청성산 주변에 있는 여섯 마을 중 하나인 우둔리.

오백여 호(戶), 삼천 삼백여 명이 거주하는 우둔리에는 청성파의 속가제자들이 운영하는 중소규모의 무관과 도장들이 여럿 있었다.

우둔리에서 가장 많은 제자들을 거느리고 있는 청호도장(淸護道長).

지금 이곳에는 우둔리에 있는 무관과 도장의 모든 무사들이 모여 있었다. 또한 청성파에서 보내 준 칠십 명의 도사들도 함께했다.

이백오십 명이 청호도장에 운집한 상태였다.

그 이유는 다름 아닌 천마검의 출현 때문이었다.

청성파는 본산의 제자들로 하여금 산의 길목마다 철통같은 경계를 갖췄다.

그런데 문제가 발생했다.

청성산 주변에 있는 여섯 마을의 속가제자들.

이들을 언제 들이닥칠지도 모르는 천마검의 칼끝에 방치할 수는 없는 노릇이었다.

결국 청성파는 주변의 여섯 마을에 있는 속가제자들에게 당분간 각 마을의 한 곳에 모여 생활하라고 명을 내렸다.

그리고 그들만으로는 안심이 되지 않아서 각 마을마다 오십에서 칠십 명의 도사들을 지원해 준 것이다.

청호도장의 주인인 왕호유.

중년의 그는 이층 대청에서 많은 사람들로 북적이는 연무장과 주변을 훑었다.

조용한 연회가 벌어졌다.

낮에 청성파 의성각의 제자들이 죽은 일로 인해 화려한 잔치를 열 수는 없었다. 하지만 본산의 도사들이 칠십 명이나 내려왔고, 우둔리에 있는 모든 무인들이 함께 모인 날이었다.

인사를 나누며 안부도 묻고 이런저런 세상 돌아가는 이야기가 오가는 곳에 음식이 빠질 수 없었다. 다만, 만에 하나 천마검의 기습이 있을 경우를 대비해 술은 금지되었다.

밤이 깊어 갔지만 청호도장은 수많은 화톳불로 인해 대낮처럼 밝았고, 음식을 먹으며 담소를 즐기는 이들로 인해 왁자지껄했다.

"왕 사부. 이리 와서 앉으시죠."

이층 대청의 난간 곁에 서 있던 왕호유를 근처 무관의 관주, 모개(毛改)가 불렀다.

이층 대청에는 오십여 사람들이 음식이 차려진 상 앞에서 대화를 나누는 중이었다.

왕호유는 엷은 미소를 짓고 모개 관주에게 대꾸했다.

"모 사부, 저는 좀 과식했습니다. 잠깐 서서 바람을 쐬고

앉지요."

모개 관주가 일어나서 그의 곁으로 다가왔다.

"괜찮으십니까?"

그의 물음에 왕호유는 울적한 심사를 다스렸다. 그는 의성각주의 속가제자였다.

즉, 오늘 낮에 청평객잔에서 죽은 의성각의 제자들은 왕호유와 사형제지간. 그것을 아는 모개 관주가 위로의 말을 건넨 것이다.

왕호유는 고개를 끄덕이며 말했다.

"가슴이 찢어질듯 아프지만 어쩌겠습니까?"

"이럴 때일수록 마음을 추스르고 강건한 모습을 보여 주셔야지요."

"그래야지요. 신경 써 주셔서 감사합니다."

둘은 난간에 나란히 서서 시선을 멀리 던졌다.

달빛 아래 고즈넉하고 푸르스름한 어둠이 청호도장의 앞에 펼쳐진 평야 위로 깔려 있었다. 낮에 있었던 폭우로 인해 공기는 서늘하면서도 쾌청했다.

둘은 그렇게 말없이 뒷짐을 진 채 앞을 보았다. 다시 말문을 연 건 왕호유였다.

"천마검은 무슨 생각일까요?"

그의 질문에 모개가 바로 대꾸했다. 사실 그도 천마검의 의중에 대해 생각하는 중이었다. 어디 그 둘뿐이겠는가?

지금 청호도장에 있는 모든 무인들의 대화에 천마검이 계속 오르내리고 있었다.

어떻게든 잡아서 죽여야 한다는 둥, 청평객잔에 수하 한 명하고만 나타나다니 미친놈이 분명하다는 둥. 그리고 예전부터 천마검과 관련한 수많은 풍문들이 꼬리에 꼬리를 이었다.

"왕 사부, 본산에서 내려온 도사분들께서 쉬쉬 하시지만…… 천마검은 십중팔구 사천 분타로 돌아갈 것으로 생각하시는 것 같습니다."

왕호유가 고개를 끄덕였다.

"저도 그렇게 생각합니다만 방심해서는 안 되겠지요."

"예. 오늘 낮의 일처럼 천마검이 어떤 치졸한 기습을 할지도 모르는 것이니 유비무환(有備無患)이라 준비를 철저히 하는 게지요."

모개의 말에 왕호유는 쓴웃음을 깨물었다.

천마검의 치졸한 기습이라.

과연 오늘 청평객잔에서 있었던 일을 천마검의 기습이라고 할 수 있을까?

그는 당당하게 비무첩을 보냈다. 그것도 모자라 각 마을마다 방까지 붙였다.

청성파 주변에서는 천마검이 비열한 짓을 했다고 말하고 있지만 세상은 그렇게 생각하지 않을 터였다. 같은 정파인들도 겉으로는 청성파의 얘기에 동조해도 속으로는 천마검의 배짱에 감탄할 것이고.

"모 사부, 정말 천마검이 이대로 돌아갈 것이라 보십니까?"

왕호유의 질문에 모개가 빙그레 웃었다.

"예. 그럴 수밖에 없는 이유가 있습니다."

왕호유가 고개를 갸웃하며 궁금한 표정을 지었다. 모개 관주는 우둔리에서 가장 정보통이었다. 그러니 그가 이렇게 말한다면 그럴 만한 소식을 접했다는 뜻이었다.

"그 이유가 뭡니까?"

"천마검이 이끌고 나온 수하들이 소수라는군요."

모개의 말에 왕호유의 미간이 좁아졌다.

"확실한 겁니까?"

"예. 본산에서 내려온 도사분들끼리 나누는 대화를 옆에서 들었습니다. 성도에 있는 빙봉 우군사가 보낸 전서구가 도착했는데, 대부분의 마교도들은 여전히 사천 분타에 머무르고 있답니다."

"아! 다행이군요."

왕호유는 가슴에 들어차 있던 불안감을 쓸어내렸다. 사천 분타에 있는 마교도들이 모두 온 것은 아닌가, 하는 걱정이 있었던 것이다. 그렇다면 청성산은 아비규환의 전장터로 변하게 될 것이 자명하니까.

모개가 씩 웃고는 말했다.

"왕 사부도 어울려 얘기를 좀 나누십시오. 사형제를 잃은 슬픔은 이해하지만 이럴수록 정신을 차리고 세상 돌아가는 일을 파악해야지요."

"그래야겠습니다."

"예. 곧 점창파가 올라오면 마교도 놈들을 하나도 남김없이 소탕하게 될 겁니다. 복수의 날이 멀지 않았으니 힘을 내십시오."

"저도 그때 청성파에 부탁해 한 손 거들 생각입니다. 사형제들의 복수를 해야지요."

왕호유의 말에 모개의 눈이 빛났다.

청성산 주변에 사는 사람들은 청성파와 어떤 끈으로 이어졌는지를 가장 중요하게 생각했다.

청성파의 고위직, 그리고 많은 사람들을 알면 알수록 이곳에서의 지위가 덩달아 올라가는 것이다.

모개가 말을 받았다.

"저도 마교 토벌전에 꼭 끼겠습니다."

청성파로부터 눈도장을 받겠다는 뜻이었다.

왕호유가 고개를 끄덕이며 다시 전면으로 시선을 던졌다. 그리고 자신도 모르게 헛바람을 토해 냈다.

"어?"

그의 표정이 심상치 않은 것을 본 모개가 물었다.

"왜 그러십니까?"

모개의 시선도 앞으로 향했다. 그리고 그의 눈도 왕호유처럼 휘둥그레졌다.

칠흑 같은 어둠 저 멀리 평야에서 한 떼의 인영들이 달려오고 있었다.

왕호유의 잇새로 떨리는 음성이 튀어나왔다.

"서, 설마…… 마교도?"

그의 말에 이층 대청에 앉아 있던 사람들이 일제히 동작을 멈췄다. 그리고 모두가 자리를 박차고 일어나 난간으로 모였다.

모개가 침을 꿀꺽 삼키고는 비명처럼 소리를 질렀다.

"적이다!"

연무장에 있던 이들도 놀라서 벌떡 일어섰다.

왕호유가 모개의 말을 받아 외쳤다.

"모두 침착하시오! 침착하시오!"

연무장에 있던 이들이 담벼락 쪽으로 달렸다. 그리고 그들도 어둠을 뚫고 질주해 오는 일단의 무리를 보았다.

빠르다!

정말이지 숨이 막힐 정도로 빠르게 달려오고 있었다.

창졸지간에 혼돈이 청호도장을 휘감았다.

그때 이층 대청에 있던 홍안의 노도사가 외쳤다.

"적의 수는 대략 일백여 명! 너무 긴장하지 마시오!"

내공을 실은 그의 음성이 청호도장에 쩌렁쩌렁 퍼져 나갔다. 그러자 우왕좌왕하던 이들이 빠르게 정신을 수습했다.

일단 적의 수는 일백이라 했다. 그리고 이곳에는 이백오십의 검수들이 있었다.

오는 적들은 십중팔구 마교도들.

강할 것이다.

그러나 수적으로 곱절이 훨씬 넘으니 해볼 만하다고 여겨졌다.

방금 공력을 담아 외쳤던 노도사, 즉, 청성파 복건궁의 부궁주, 청장 도사가 누군가를 불렀다.

"명총아."

그의 부름에 연무장에 있던 젊은 도사가 나섰다.

"예. 스승님."

"너는 지금 곧바로 산문 쪽으로 가거라. 마교도로 보이는 적이 청호도장을 향해 달려오고 있다고 알리고 지원을 요청해라."

"알겠습니다."

청장 도사와 그의 제자인 명총의 대화에 사람들의 낯빛이 눈에 띄게 밝아졌다.

이곳에서 청성파의 입구인 산문까지는 보통 사람이라면 반 시진 거리다. 그러나 명총은 경공술에 능했다. 그라면 일각 조금 넘게 걸릴 터이니 왕복을 감안하더라도 삼 각 정도만 버티면 우군이 당도하리라.

"그리고 네가 직접 복건궁까지 가서 궁주님께 이 사실을 고하고 상청궁의 장문인께 알리도록 해라."

"예."

복건궁은 산문에서 조금만 올라가면 나타나는 청성파의 도장이다.

"바로 떠나라."

명총은 대문도 이용하지 않고 담벼락을 훌쩍 뛰어넘었다. 그의 날렵한 동작과 이어지는 빠른 속도에 사람들이 경탄했다.

순식간에 어둠 속으로 사라지는 명총.

그러나 사람들은 다시 긴장하기 시작했다.

적들이 이제 코앞까지 다가와 있었다.

청장 도사가 대청에서 몸을 띄웠다.

파라라라.

그가 걸친 득라가 바람에 펄럭였다. 그리고 왕호유를 비롯한 사람들도 뒤따라 연무장으로 몸을 날렸다.

청장 도사가 왕호유를 보고 말했다.

"이곳의 주인은 그대이나, 지금은 비상상황이니 내가 지휘를 맡겠네."

왕호유가 고개를 숙이며 답했다.

"당연한 말씀입니다."

청장 도사는 주변을 빠르게 훑고는 구석에서 바들바들 떨고 있는 시비들을 보았다.

"검사가 아닌 이들은 모두 후문을 이용해 빠져나가라. 그리고 모든 무사들은 담에서 물러나 내 뒤로 전열을 갖추라!"

"복명!"

누군가가 힘껏 소리를 질렀다. 그리고 청장 도사의 지시대로 이동을 시작했다.

그 모습을 보면서 왕호유는 안도의 한숨을 내쉬었다.

술을 내놓지 않은 것은 탁월한 선택이었던 것이다.

그들이 연무장의 중간 지점에서 대오를 갖춰 갈 때였다.

콰아아앙.

청호도장의 정문이 종잇장처럼 찢어지며 박살 났다. 그리고 육척의 건장한 중년사내가 안으로 들어섰다.

쉭, 쉭쉭쉭쉭!

흑의 야행복을 걸친 자들이 담벼락 기와 위에 착지했다.

빠르게 달려왔음에도 불구하고 호흡이 흐트러진 자를 찾아볼 수가 없었다.

그리고 마치 자신의 자리가 있다는 듯이 기와 위로 착지하는 마교도들의 모습은 일사불란한 군무를 보는 것처럼 정연했다.

굳이 칼을 맞대지 않아도 알 수 있었다.

어마어마한 수련을 거친 최고의 정예라는 것을.

부서진 문을 통해 들어온 중년인.

대머리에 작은 눈에서 나오는 안광이 날카로웠다.

그는 거침없이 전면을 훑었다. 씨익 올라가는 그의 입꼬리.

"천랑대 일조장, 폭혈도다. 그대들을 저승으로 인도할 사람이지."

3

음성에서 쇳소리가 나는 폭혈도의 말에 청장 도사를 비롯한 청호도장의 정파인들이 흠칫 놀랐다.

마교에서도 최강의 부대라고 불리는 천랑대. 그들이 왔단 말인가?

하긴 천마검이 낮에 등장했으니 당연한 일이다. 그래도 천랑대라는 말은 묘한 공포 분위기를 조성했다.

청장 도사가 준엄한 음성으로 폭혈도를 꾸짖었다.

"청성산에 오르기는 무서우나, 여기까지 왔다가 꼬리를 말고 그냥 돌아가기는 싫었던가?"

"말코 도사, 그런 걱정일랑은 하지 않아도 좋아. 청성파도 곧 너희들 뒤를 따라갈 테니까. 이건 사전 연습이라고 보면 된다. 크크큭."

"거짓말을 하는구나. 고작 이 인원으로 너희가 본산을 감당할 수 있다고 보는 것이냐?"

"이 봐, 우리는 천랑대라고. 그리고 너희는 지금 그런 걱정을 할 때가 아닌 것 같은데? 너희는 고작 이 인원한테 몰살을 당하게 될 테니."

"광오하구나!"

청장 도사는 일갈하면서도 묘한 미소를 지었다. 그뿐만 아니라 다른 이들도 마찬가지였다.

이들 일백 명이 전부라는 것을 폭혈도의 말에서 짐작할 수 있었으니까. 그렇다면 어렵더라고 삼 각 정도는 충분히 버틸 수 있으리라 여겨졌다.

"광오한 것인지 아닌지는 이제 곧 알게 될 거다."

폭혈도가 등에 매고 있던 가죽 도집에서 사 척의 환도를 꺼내 들었다. 그 모습을 보고 있던 왕호유가 물었다.

"그런데 너희들의 수장인 천마검은 어디에 있지?"

"원래 주인공은 나중에 등장하는 법이지."

"……?"

"일각! 싸움이 시작되고 일각 후에도 살아 있다면 우리 대주님을 뵐 수 있을 거다. 하지만 과연 그런 행운을 누릴 수 있는 자가 여기에 있을까?"

청장 도사를 비롯한 모두가 기가 막혀 아연해졌다.

지금 폭혈도라는 저 대머리는 자신들 모두를 일각 안에

정리하겠다고 선포한 것이다.

아무리 마교의 최강 부대라고 하더라도 얼토당토하지 않은 말이었다. 정파인 모두가 모욕감을 느꼈다.

그러거나 말거나 폭혈도는 자신의 말을 계속했다.

"참고로 염라대왕을 만나면 너희들이 죽은 이유를 정확히 알려라. 청성 장문인 때문이라고. 우리는 경고를 했고 그가 무시한 탓이지."

모개 관주가 욱하고 치미는 분노에 한마디 하려고 했다. 그러나 그는 말을 내뱉지 못했다.

폭혈도가 꺼낸 칼이 갑자기 울음을 토하며 붉어지기 시작했다.

우우우웅.

젊은 도사 한 명이 놀라 숨죽여 외쳤다.

"저, 절정고수다!"

절정고수.

일당백을 넘어 일기당천의 무시무시한 존재.

그런 고수를 막는 효과적인 방법은 두 가지다.

첫째, 그를 감당할 만한 고수가 있어야 했다.

문제는 이곳에 있는 이들 중에 절정의 경지까지 오른 사람이 없다는 점이었다.

둘째 방법은 절정고수를 여러 무사들이 정교한 합격술로 대처하는 것이다. 하지만 이곳은 여러 무사들이 뒤섞여 있었다. 또한 중소문파에서는 합격술을 잘 가르치지 않는다. 개개인의 능력을 올리기도 벅차니 당연한 일이었다.

물론 다른 방법도 있었다.

예를 들면 절정에는 못 미치나 일류급의 고수들 열댓 명이 절정고수 한 명과 쉬지 않고 싸우는 것이다. 그러나 자칫 일류 고수들만 잃을 공산도 적지 않은 위험한 방법이었다.

청장 도사가 휘하의 도사들에게 눈짓을 했다.

절정고수인 폭혈도를 막으려면 결국 청성의 도사들이 합격하는 방법밖에 없었다. 그러자 청성 도사들 중 합격술을 익힌 여섯 명이 청장 도사의 뒤로 급히 모였다.

그 모습을 보며 폭혈도는 속으로 조소했다.

지금 담벼락에 있는 이들 중 이조장 귀혼창, 삼조장 수라마녀, 사조장 마령검의 세 절정고수가 더 있다는 것을 알면 이들은 대체 어떤 표정을 지을까?

폭혈도가 말했다.

"천랑대가 왜 마교 최강의 부대인지, 지난 십 년 동안 숱한 싸움에서 왜 한 번도 패하지 않은 무적의 부대인지 뼈저리게 느끼게 해 주마. 자! 지금부터 일각의 시간이다. 버틸 수 있다면 버텨 보라. 크하하하!"

그의 붉어진 환도가 하늘의 달을 찔렀다. 동시에 담벼락에 있던 일백여 천랑대가 허공으로 몸을 띄웠다.

청장 도사가 버럭 고함쳤다.

"마교도들을 죽여라!"

차아아앙!

이백오십의 정파인들이 동시에 발검했다.

그리고 폭혈도가 붉은 칼을 내리그었다.

콰콰콰콰콰콰콰!

그의 칼에서 맹렬한 도기가 뿜어져 나와 대지를 갈랐다. 길게 패인 고랑은 단숨에 청장 도사의 발끝까지 짓쳐 들었다.

콰앙!

청장 도사가 검을 땅에 박자 폭혈도의 도기가 멈추며 폭음을 터트렸다.

"음……."

청장 도사는 자신도 모르게 신음을 흘렸다. 진짜 칼도 아닌 기운을 막았을 뿐이다. 그러나 과연 절정고수의 무력은 자신이 쉽게 감당할 수 없다는 것을 절감했다.

폭혈도가 감탄성을 터트렸다.

"호오. 한 발짝도 밀리지 않았다? 도사의 경지가 절정에 육박하는가 보군. 하지만 그래 봤자 결과는 변하지 않는다."

말을 하면서도 그의 신형은 거침없이 앞으로 쇄도했다. 그러자 청장 도사의 좌우에 있던 여섯 도사들이 셋씩 폭혈도의 옆으로 달려들었다.

순간 보랏빛 채찍이 어디에선가 날아들어 좌측 선두 도사의 목 주변을 휘돌았다.

"헉!"

선두의 도사가 놀라서 허리를 숙여 피하려고 했다. 그러나 채찍은 가공할 속도로 도사의 목을 감아 버렸다.

"컥!"

도사의 눈이 튀어나올 듯이 커졌다. 들고 있던 검조차 팽개치고 채찍을 양손으로 잡았다. 그러나 그가 할 수 있는 것은 아무것도 없었다.

파아아앗!

보랏빛 채찍이 한차례 출렁이고 그 순간 도사의 목이 몸에서 분리됐다.

쏴아아아!

피분수가 허공으로 뿜어졌다.

"내가 첫 시작을 끊었군요, 일조장 오라버니. 호호호호!"

채찍의 주인공이 교소를 터트렸다. 천랑대 조장 중 유일한 여성인 수라마녀다.

최초의 희생자가 눈 깜짝할 사이에 나왔다. 그리고 선두의 도사가 허망하게 죽으면서 그 뒤로 나오려던 두 명의 도사들이 당황할 때, 그 틈을 폭혈도가 들이닥쳤다.

슈가가가각!

"으아악!"

"컥!"

폭혈도를 상대하려던 합격술은 그렇게 채 꽃을 피우지도 못하고 사라졌다.

그리고 청호도장의 연무장 사방에서 쇳소리와 비명이 터졌다.

째애애애애앵!

"으아아악!"

"너, 너무 강하다!"

청성의 도사들과 속가제자들은 거침없이 자신들 속으로 파고드는 천랑대를 보면서 충격을 받았다.

이건 마치 양떼 사이로 늑대들이 난입한 것과 다름이 없지 않은가!

쇄애애액. 쩡쩡. 서걱!

"끄아아아악!"

도사들과 청성의 속가 제자들 사이에서 비명이 쉼 없이 터졌다. 그리고 천랑대는 아무 말도 하지 않았다. 그저 눈앞의 적을 벨 뿐이었다.

청장 도사는 순식간에 무너지는 전열을 보면서 외쳤다.

"침착하라! 옆의 동료들과 함께……."

그러나 그의 고함은 이어지지 못했다. 폭혈도의 붉은 환도가 섬전처럼 쏟아졌다.

쩡!

막았다. 그러나 그는 세 걸음을 주르륵 밀려났다.

폭혈도가 피식 웃었다.

"날 상대하면서 지시까지 하겠다고? 그럴 깜냥이 된다고
생각하는 거냐?"

"으으으……."

청장 도사는 치가 떨렸다. 이들은 천랑대의 일개 조가 아
니었다. 천랑대에서 최강의 고수들만 추려 낸 자들이 분명
했다.

그렇지 않고서야 이리 막강할 수 없었다.

폭혈도가 다가오며 웃었다.

"후회되나? 이렇게 엄청나게 차이가 날 줄 알았다면 우
리를 보자마자 흩어져 도망칠 걸 하고?"

그의 말에 청장 도사는 속이 뜨끔했다. 부끄러운 짓이겠
으나 그것이 가장 현명한 선택이라고 생각한 참이었다.

"크크큭. 하지만 어쩌겠어? 후회는 언제나 늦는 법인걸.
안 그런가?"

파아아아.

붉은 환도가 허공을 가르며 떨어져 내렸다.

쩡!

청장 도사는 다시 붉은 칼을 막았다. 그러나 그 때문에
한 움큼의 피를 토해야 했다.

"쿨럭!"

폭혈도의 무지막지한 위력에 내상을 입고 말았다.

그의 곁에서 힘겹게 싸우고 있던 왕호유가 청장 도사가 뱉은 피를 보고는 놀라 외쳤다.

"청장 도사님!"

비록 찰나라고 하지만 한눈을 판 대가는 비쌌다.

서걱.

그의 오른팔이 천랑대 일조원에 의해 잘려 나갔다.

"끄어억."

팔과 함께 무기도 잃어버린 왕호유는 비명을 지르며 뒤로 물러났다. 그러나 달려드는 천랑대원의 속도가 더 빨랐다.

콰직.

칼이 왕호유의 늑골을 부수고 심장을 꿰뚫었다.

일방적인 학살이 청호도장 전체에서 펼쳐졌다.

＊　　　　＊　　　　＊

청호도장의 뒷문.

왕호유의 부인, 주소린은 어린 아들과 딸의 손을 잡고 부리나케 움직였다. 그 셋의 뒤로도 오십여 명의 사람들이 창백한 얼굴로 뒤따랐다.

우둔리의 도장과 무관의 수장들 부인과 자식들 그리고 시비들과 주방의 숙수들이었다.

그들에게 붙은 유일한 호위무사, 왕호유의 삼제자인 선지운이 선두에서 후문을 열려다 흠칫했다.

청호도장의 앞쪽, 연무장에서 병장기 소리와 동시에 비명이 들려왔다.

오십여 사람들의 안색이 핼쑥해졌다.

확인할 수는 없지만 비명을 지르는 이들이 왠지 마교도가 아닌 자신들 쪽 사람들 같았다.

선지운이 침착한 목소리로 낮게 말했다.

"너무 걱정하지 마십시오. 조금 있으면 본산에서 지원군이 당도할 겁니다."

아무도 대꾸하지 않았다. 그저 몸을 덜덜 떨면서 고개만 끄덕였다.

선지운은 이들의 긴장을 풀어 주는 것보다 안전한 곳으로 피신시키는 게 더 급하다고 여기고는 후문을 열었다.

끼이이익!

그가 먼저 나가자 오십여 인원이 우르르 뒤를 따랐다. 그리고 그들 모두는 어둠 속에서 일렁이는 불을 보고 숨을 들이켰다.

화재였다.

어둠에 잠겨 있는 우둔리의 일곱 곳에서 화염이 치솟았다. 그 방향을 보고 사람들은 불이 난 장소를 짐작할 수 있었다.

이 마을에 있는 도장과 무관이 분명했다. 천랑대의 남은
인원들이 텅 비어 있는 곳을 불태운 것이다.

선지운은 그 불을 보고 신음을 삼켰다. 일단 가장 가까운
무관에 사람들을 피신시킬 참이었다. 그런데 이젠 갈 곳이
없어졌다.

"민가 속으로 숨어들어야 하나? 아니, 청성산으로 갈 수
밖에 없겠군."

그가 중얼거리며 입술을 깨물었다. 예전 마교가 중원을
침공했을 때 보여 준 잔혹함을 사람들로부터 수없이 들었
다. 그것을 고려하면 민가도 안전하다고 장담할 수 없었다.

그때 그의 귀로 말발굽 소리가 희미하게 들렸다.

따각, 따각.

선지운과 오십여 사람들이 흠칫 놀라 두리번거렸다.

십여 장 거리 뒤로 늘어선 여염집들.

그 사이의 어둠 속에서 두 인마가 모습을 드러냈다.

선지운은 침을 삼켰다.

적일까?

순간 하나의 소문이 선지운의 뇌리를 스쳤다.

오늘 낮 청평객잔에 나타났던 천마검과 그 수하. 그 둘이
말을 타고 나타났다가 사라졌다고 했다.

부르르르.

선지운은 자신도 모르게 몸을 떨었다.

천마검이라니!

비록 자신의 무공에 나름 자부심이 있었지만, 천마검과 견줄 수는 없었다. 더구나 그와 함께 있는 수하는 홀로 의성각의 아홉 고수를 해치우지 않았던가?

"피, 피해야 합니다. 천마검입니다."

그가 사모인 주소린에게 말했다. 그러나 그 말을 들은 사람들은 오히려 얼어붙고 말았다.

어디로 도망간단 말인가?

더더군다나 저들은 말을 타고 있었다.

그들이 공포에 질려 옴짝달싹 못하고 있는 사이에 천마검과 관태랑은 그들의 지척까지 다가왔다.

차아앙.

선지운이 검을 뽑고 사람들 앞에서 막아섰다. 그러자 관태랑의 손이 검을 향했다.

선지운이 외쳤다.

"모두 흩어져 달리십시오. 잠시나마 제가 막겠습니다."

그 말이 떨어지기 무섭게 백운회가 입을 열었다.

"내 허락 없이 움직이면 그 자리에서 죽는다."

백운회의 무심한 말에 얼어붙었던 발을 떼려던 사람들의 동작이 한순간 정지했다.

선지운이 이를 악물며 다시 외쳤다.

"피하지 않으면 모두 죽습니다."

그리고 그가 앞으로 발을 내디뎠다. 관태랑이 검을 뽑으려는 순간 백운회가 손을 들어 제지했다.

"괜찮아. 어차피 이자는 전혀 위협이 안 되잖아."

관태랑이 담담하게 대꾸했다.

"하지만 대주님께 검을 겨누었습니다."

"개가 짖는다고 다 죽일 필요는 없어."

그 말에 관태랑이 검에 댔던 손을 거뒀다. 한편 선지운은 초라해지는 자신을 느꼈다.

둘의 대화 때문만이 아니었다. 말을 타고 자신을 내려다보는 이들에게서 자신으로서는 죽었다 깨어나도 감당할 수 없는 거대한 기세가 느껴진 탓이었다.

선지운은 들고 있던 검첨을 땅으로 내리며 말했다.

"여기 계신 분들은 모두 힘없는 자들이오. 이들을 살려 준다면 내 목을 스스로 잘라 바치겠소."

피식.

백운회가 실소를 흘렸다. 그리고 관태랑은 미간을 찌푸렸다.

선지운의 표정이 초조해졌다.

"이분들을 살려 주시오!"

백운회가 입을 열었다.

"나는 천마검 백운회야."

"……?"

"관태랑. 대체 나에 대한 소문이 어떻게 나 있는 거지?"

관태랑이 어깨를 으쓱하며 답했다.

"대주님에 관한 소문이야 워낙 많으니까요."

"쯧쯧. 그 소문 중에 내가 힘없는 여인이나 아이들까지 해친다는 것이 있나?"

"풋, 글쎄요. 마협이라는 소문도 있지만, 야차 같다는 말도 있지요."

백운회는 계속 혀를 차다가 선지운을 향해 말했다.

"네 이름은?"

선지운은 당혹스러운 눈으로 백운회를 보다가 말했다.

"선지운이오."

"나이는?"

"스물셋."

"그래, 선지운. 하나만 물어보자."

선지운은 입술을 깨물다가 답했다.

"물어보시오."

"네 목을 잘라 바치겠다고 했는데 그게 가능한가?"

"예?"

"말 그대로야. 그게 가능하냐고?"

"……."

"거짓말을 했군."

선지운은 어이가 없었다.

"내 말은 그런 뜻이 아니잖소!"

"하하하, 좋아. 그럼 농담은 그만하지."

선지운은 기가 막혔다.

천마검, 그의 수하들은 지금 싸우고 있다. 그런데 이 여유는 뭔가? 시답지 않은 농담을 하고 싶은 생각이 든단 말인가?

둘 사이로 어색한 침묵이 흘렀다. 그리고 청호도장에서는 여전히 비명이 쉴 새 없이 터졌다.

근방의 민가 사람들은 모두 깨어났겠지만 당연히 그 누구도 밖으로 나오지 않았다.

그렇게 시간이 흘러갔다.

결국 선지운이 입을 열었다.

"무엇을 기다리는 거요?"

백운회가 대꾸했다.

"승전보."

"당신은 싸우지 않는 거요?"

"나까지 끼면 너무 싱거운 싸움이 되니까 수하들이 재미없어 한다고. 그래서 나는 그냥 여기서 도망가는 녀석들이 있나 감시만 할 생각이야."

선지운은 결국 입을 쩍 벌리고 말았다. 당최 저 어마어마한 자신감은 뭐란 말인가?

4

그렇게 정적이 흘렀고 일각의 시간이 거의 다 되었을 때 청호도장에서 이는 비명이 뚝 끊겼다.

선지운은 충격을 받은 얼굴로 고개를 돌렸다.

"설마……."

머릿속에 든 생각이 너무 황당해서 입 밖으로 나오지조차 못했다. 그러나 병장기 소리나 고함, 비명이 사라진 건 대체 무엇을 뜻하는가?

싸움은 끝났다. 그리고 그 결과는…… 예상할 수 있었다. 한쪽의 일방적인 승리.

선지운뿐만 아니라 오십여 사람들도 새파랗게 질린 표정이 되었다. 머슴 중 누군가가 소리 죽여 말했다.

"과연 마교의 천랑대……."

그 말은 불현듯 튀어나온 것처럼 조용히 사라졌다.

청호도장의 담벼락 안쪽에서 인기척이 났다. 그리고 열린 후문으로 한 사내가 모습을 드러냈다.

호리호리한 체격에 냉막한 표정의 사내는 양손에 장창과 단창을 하나씩 쥐고 있었다.

천랑대 이조장, 귀혼창.

"대주님, 끝났습니다."

그가 건조한 목소리로 말했다. 폭혈도의 음성에서 쇳소리가 느껴진다면 귀혼창은 사막의 마른 모래가 연상됐다.

백운회가 고개를 끄덕이며 물었다.

"피해는?"

"없습니다."

"좋아. 그럼 귀신놀이를 준비하도록."

귀혼창이 고개를 숙였다 들고는 돌아섰다.

백운회는 엷은 미소를 짓다가 이내 멍하니 있는 선지운과 오십여 사람들을 보고 눈살을 찌푸렸다. 그들 중 주소린이나 일부 여인들은 남편이 죽었다는 것을 깨닫고 실신했다.

"흐음…… 이들을 어떻게 한다?"

관태랑이 곧바로 답했다.

"죽이십시오. 가족과 사형제들을 잃었습니다. 살려 두면 후환만 남을 뿐입니다."

그 말에 선지운이 퍼뜩 정신을 차렸다. 그는 백운회의 흑마 앞에서 무릎을 꿇었다.

"이기지 않았습니까? 그런데 굳이 힘없는 이들까지 죽여야 합니까? 이들은 무공이라고는 한 번도 배운 적이 없는 사람들입니다."

백운회가 묘한 미소를 짓고는 말했다.

"우리 부대주 말로는 후환이 된다고 하는데? 저기 있는 아이들이 원한을 품고 나중에 복수하려고 하지 않을까?"

선지운의 이마에 혈관이 도드라졌다. 그가 분개해서 외쳤다.

"당신과 수하들 모두 강하지 않습니까? 후환이 두려워 어린아이를 죽이겠다는 말입니까?"

"그야 나는 마교도잖아."

"……"

"너희들이 짐승보다 못하다고 여기는 마교도. 그러면 기대에 부응해야지."

"나 하나의 목숨으로는 안 되겠습니까?"

"내가 보기엔 너나 저 오십여 명이나 똑같아. 어차피 내 검짓 한 번에 다 죽는다고."

선지운은 대꾸할 말이 없었다. 그는 어금니를 깨문 채 무력감을 절감했다.

늘 그랬다. 강해져서 억울하고 힘없는 이들을 돕는 협객을 꿈꿨다. 그러나 현실의 자신은 초라하기만 했다.

무력한 자신은 차갑고 냉정한 현실 앞에서 아무것도 할 수 없었다.

관태랑이 끼어들었다.

"대주님, 장난은 그만하시지요. 시간이 많지 않습니다."

백운회가 피식 웃고는 정색했다.

"선지운. 저들을 살릴 방법이 있다."

선지운의 눈이 빛났다.

"뭡니까?"

"네가 저 오십 명을 살릴 만한 가치 있는 자가 되면 된다."

"……?"

"내 밑으로 와라."

선지운은 태어나 가장 충격을 받았다. 그의 얼굴이 분기로 인해 시뻘겋게 변했다.

"지, 지금 내 사부님과 사형제를 죽인 원수 밑으로 들어가라는 말이오? 그걸 말이라고 하는 겁니까?!"

"그래. 나는 그 말도 안 되는 요구를 하고 있다. 그리고 너는 선택하면 된다. 내 말을 따라 수하가 되든지, 아니면 거부하고 저 오십 명과 함께 장렬하게 죽든지."

선지운은 어금니를 악물고 백운회를 쏘아보다가 이내 고개를 돌렸다.

많은 이들이 자신을 보고 있었다.

그 눈에 담겨 있는 마지막 희망. 간절한 바람.

백운회가 선택을 재촉했다.

"당장 선택하지 않으면 모두 죽인다."

선지운은 깊은 한숨을 삼키고 다시 백운회를 보았다.

"왜 나에게 이런 말도 안 되는 짓을 강요하는 겁니까?"

"간단해. 마음에 들었으니까."

"그러니까 왜? 뭐가 마음에 들었냐는 말입니다."

"네 눈빛, 네 용기. 네 의지."

선지운이 당황하다가 고개를 저었다.

"나는 정파의 조그만 청호도장. 그곳의 힘없는 제자에 불과합니다."

"내 제안을 받아들이면 마교, 천랑대의 무사가 된다. 그리고 나는 너에게 힘을 줄 것이다."

"나, 나는……."

"삼 년. 그 이후엔 떠나도 좋다."

"……!"

"오십의 생명과 네 인생에서 삼 년을 바꿀 수 없나? 저 오십 명 생명의 가치가 네 삼 년 보다 작은가?"

선지운은 마주 보는 백운회의 눈을 보면서 한 가지를 직감했다. 이 사람, 자신이 제안을 거부하더라도 오십 명을 죽이지 않을 것이다!

그러니 거부해도 된다.

하지만 그는 그 거부의 말을 뱉지 못했다.

왜냐하면 이 사람의 눈빛과 표정 그리고 말에서 진심이 느껴졌기 때문이었다.

이 사람.

이유는 알 수 없지만 정말 자신을 필요로 하고 있었다.

"마지막으로 하나만 묻겠습니다."

"좋아."

"나는 당신들 편에 서서 정파를 향해 칼을 휘두르지 않을 겁니다. 그런데도 내가 필요합니까?"

"그렇다."

"나한테 무슨 일을 시키려는 거죠? 정파의 고급 정보를 알려 주길 원합니까? 그딴 건 알지도 못합니다."

"네가 해야 할 일은 하나다."

"그게 뭡니까?"

"내 밑에서 마교와 흑천련을 감시하는 것!"

"……!"

선지운은 너무 놀라서 입을 쩍 벌렸다. 턱이 빠지지 않은 것이 다행일 정도였다. 자신이 잘못 들은 건 아닌지 의심이 들 지경이었다.

"그, 그게 무슨 말입니까? 마교와 흑천련을 감시하라니?"

백운회가 피식 웃고는 대꾸했다.

"지금 네가 저 오십 명을 지키려 했던 것을 하면 된다. 마교도나 흑천련 중 누군가가 무공도 익히지 않은 민초를 해치거나 억압하는 것을 보면 나에게 알려 주는 것. 그것이 네가 해야 할 일이다."

선지운은 머릿속이 헝클어졌다. 천마검의 말에서 의중을 알 수 있었다. 힘없는 자를 핍박하는 마교도나 흑천련 무사들을 용납하지 않겠다는 뜻이리라.

천마검.

이 사람 정말 마교의 장수가 맞는가?

그는 침을 꿀꺽 삼키고 말했다.

"그건 당신의 수하를 시켜도 되지 않습니까?"

"내 수하들은 내가 본교나 흑천련의 수뇌부와 척을 지는 것을 좋아하지 않아. 나를 걱정하는 거지. 그리고 동료를 고자질하는 것을 좋아하는 성격도 아니고."

"……"

"그러나 너라면 내 안위 따위는 상관하지 않고 직언을 하겠지. 약자들을 지키기 위한 것이니까 네 인생의 명분으로도 충분하고."

선지운은 주먹을 쥔 채 입술을 잘근잘근 깨물었다가 답했다.

"한 가지만 더 물어도 됩니까?"

"쩝. 좋아, 대신 진짜 마지막 질문이다. 그리고 결정을 내려라."

"예. 당신은…… 왜 그런, 그러니까 수뇌부와 척을 질 수도 있는데 왜 그런 행동을 하려는 겁니까?"

피식.

백운회가 고개를 들어 하늘을 보았다.

"마교는 지난 천 년간 천하일통을 위해 늘 도전해 왔다. 그러나 어김없이 실패했지. 사상 최강의 고수라는 천마조차도.”

“······.”

“그 이유가 뭘까?”

선지운이 고개를 저었다.

“모르겠습니다.”

“이유는 하나다. 민심을 얻지 못했기 때문이다.”

“······!”

“네가 나로 하여금 민심을 얻도록 역할을 해 주길 바란다.”

선지운은 몸에 전율이 관통하는 것을 느꼈다. 그리고 백운회의 시선을 쫓았다. 그곳에는 패왕의 별이 찬란하게 빛나고 있었다.

“당신은······ 패왕의 별이 되고자 하십니까?”

“아니.”

“······?”

“되고자 하는 게 아니다. 패왕의 별. 그건 내 별이다.”

“······!”

                    *   *   *

“아, 안 돼! 안 돼요!”

독고설은 자면서 낮게 소리를 지르다가 눈을 떴다. 시야에 들어오는 것은 낯선 어둠. 그러나 이 어둠을 지난 며칠 간 봐 왔다는 것을 깨닫고는 안도의 한숨을 내쉬었다.

천류영이 잠들어 있는 방이다.

그녀는 상체를 부스스 일으키며 고개를 절레절레 저었다.

성도에 있는 아버지와 여러 사람들이 천마검에 의해 도륙 되는 꿈을 꾼 것이다.

그녀는 이마에 돋아난 식은땀을 소매로 훔치고는 피식 웃 었다.

벌써 천마검이 등장하는 악몽이 세 번째였다. 아무래도 천류영과 함께 천마검을 마주했을 때 느낀 압도적인 강함이 무의식중에 남아 있는 것 같았다.

좁은 방 안의 어둠이 점차 익숙해지며 사물이 분간되었 다. 그녀는 습관적으로 천류영이 누워 있는 곳을 보다가 눈 을 치켜떴다.

없었다.

분명 아까 전까지만 해도 죽은 듯이 자던 천류영이 사라 졌다. 그리고 그녀는 천류영이 덮었던 이불이 자신에게 드 리워져 있다는 것도 깨달았다.

독고설은 벌떡 일어나서 급히 방문을 열고 마루로 나섰 다. 그리고 이내 어깨를 축 늘어트리며 안도의 한숨을 내쉬 었다.

마당에 있는 평상에 천류영이 앉아 있었다.

허리를 약간 구부정하게 앉은 그는 독고설을 보며 미소 지었다. 붓기가 많이 가라앉기는 했지만 멍은 오히려 더 짙어져 얼굴이 알록달록한 것이 자못 우습기도 했다. 하지만 그것을 보고 웃는 사람은 아무도 없었다.

　아니, 오히려 그 멍을 보면 미안하고 슬퍼졌다.

　천류영이 말했다.

　"너무 답답해서 바람 좀 쐬려고 나왔습니다."

　독고설은 섬돌 위에 놓인 가죽신을 신고는 평상으로 다가가 그의 곁에 앉았다.

　"움직일 수 있는 거예요?"

　"낮보다는 훨씬 좋아졌습니다. 의원의 실력이 꽤 좋은가 봅니다."

　"정말 괜찮은 거예요?"

　"실은 한 걸음 내디딜 때마다 욱신거려 미치겠습니다."

　"훗, 들어가요. 내가 부축해 줄 테니까."

　천류영은 고개를 저었다.

　"나온 지 얼마 되지 않았습니다."

　"그럼…… 조금만 더 있다 들어가는 거예요. 알았죠?"

　"예. 그런데…… 악몽을 꾸는 것 같던데……?"

　그의 말에 독고설이 머쓱한 표정으로 웃었다. 천류영 옆에서 지난 닷새간 거의 잠을 자지 못한 그녀였다. 그러나 무림오화 중 한 명인 그녀의 미모가 사라지는 건 아니었다.

아니, 오히려 약간 수척해진 그녀가 교교한 달빛을 받고 있는 모습은 아름다움과 함께 애틋한 동정심까지 유발시켰다.

그야말로 월하가인이며 청순가련의 독고설이었다.

"악몽을 꾸긴 했는데 별것 아니에요."

"그렇습니까?"

천류영은 그녀를 가만히 보다가 이내 고개를 들어 하늘을 보았다.

독고설이 그의 시선을 쫓고는 소리 없이 웃었다.

"패왕의 별을 보시네요. 천 공자도 패왕의 별을 보고 그러셨나 봐요?"

"예. 사는 게 힘들고 억울할 때, 그리고 가슴이 터질 것 같이 답답할 때 저 별을 보고 화풀이를 하거나 잘 좀 보살펴 달라고 기원을 하고는 했지요."

그 말에서 천류영이 그동안 살았던 힘겨움이 느껴져 독고설은 입술을 꼭 깨물었다. 닷새 전 들었던 천류영과 수연의 슬픈 대화는 아직까지 귓가에 맴돌고 있었다.

천류영이 말을 이었다.

"무림인은 저 별을 보며 힘을 꿈꾸지만 저 같은 민초들은 그냥 작은 소망을 빕니다."

독고설은 고개를 끄덕이며 말을 받았다.

"지금도 무슨 소망을 빌었단 말인가요?"

그녀의 질문에 천류영의 입가에 잔잔한 미소가 피어났다.

"예."

"무슨 소망인지 물어도 될까요?"

"패왕의 별아! 빨리 꺼져 줄래! 라고 빌었습니다."

"예? 그게 뭐예요?"

독고설은 어이없다는 표정으로 하얗게 웃었다. 그녀의 웃음이 잦아들자 천류영이 말했다.

"제가 힘들 때 하소연할 곳이 없어서 패왕의 별에게 빌고는 했지만…… 사실 저는 저 별이 싫습니다."

독고설은 고개를 갸웃하며 물었다.

"패왕의 별이 싫다는 사람은 처음 보는 것 같은데요? 무슨 이유라도 있나요?"

"저 별은 무림인에게 욕망의 별입니다. 무림 최고의 자리를 꿈꾸게 하지요. 무림인에게 최고로 오르는 일이 무엇이겠습니까? 힘이지요. 힘을 가진 패왕이 되기 위해서 수많은 눈물과 피를 뿌리게 할 겁니다."

천류영의 말에 독고설이 충격을 받았다.

"아! 그런 생각은 전혀 안 해 봤네요. 그저 저도 소싯적엔…… 패왕의 별이 돼야지. 그렇게 꿈을 꾸며 노력했지만……. 그래도 그렇게 노력하게 한다는 의미에서는 나쁘지 않은 것 같은데."

"노력하게 만드는 것이 나쁘다고 볼 수는 없지요. 다만 패왕이란 하나의 목표를 두고 많은 경쟁자가 있다는 게 문제라고 생각합니다. 어쩔 수 없이 경쟁자들을 죽이고 짓밟으며 올라가야 하니까요."

"그, 그렇군요. 그렇게 심각하게 생각해 보지는 않았어요."

"모르겠습니다. 원래 패왕의 별은 그런 의미가 아닐 수도 있겠지요. 탐욕에 젖은 인간들이 저 별을 그렇게 해석하는 것일 수도……."

"……!"

독고설은 놀랐다.

패왕의 별.

저 별을 가리켜 많은 사람들이 '패왕의 별은 이런 거다.'라고 말해서 그렇게 믿어 왔다. 그건 마치 동쪽에서 해가 뜬다는 것처럼 자연스럽게 받아들였다.

그런데 천류영은 아예 그 전제를 흔들어버렸다.

그녀는 눈을 가늘게 뜨고는 천류영을 보았다.

"천 공자는 정말 독특한 사람이에요."

"예?"

"뭔가 사고방식이 보통 사람과 정말 달라요."

"하하하. 그건 또 무슨 말입니까? 저는 정말 평범한 사람입니다."

천류영은 손사래를 치며 웃었다. 그 웃음 뒤에 갑자기 한

숨을 내쉬며 독고설을 마주 보았다.

"독고 소저. 아버님이 걱정되시지요?"

"그건 왜 갑자기?"

"잠꼬대를 들었습니다."

독고설은 어깨를 으쓱하며 멋쩍게 웃었다.

"아무래도 제 아버지니까요."

"갑시다."

"예?"

"지금 성도로 출발하지요."

"……!"

천류영이 평상에서 일어섰다.

"저 역시 걱정이 됩니다. 제 능력으로 무엇을 할 수 있을까 여전히 의심이 들고 걱정도 됩니다. 그러나 이렇게 가만히 있을 수만은 없습니다. 작은 노력이라도 보탤 수 있다면 더해야지요."

독고설이 따라 일어서며 고개를 저었다.

"하지만 지금 몸으로 이틀간 마차를 타는 건 무리예요."

"이불을 마차 안에 넣으면 충격을 많이 흡수할 겁니다."

"일단 풍운이 갔으니까……."

천류영이 고개를 저으며 그녀의 말을 끊었다.

"직접 돌아가는 것을 봐야 합니다. 그러지 않으면 별 소용없어요."

"……."

"그리고 무엇보다, 내가 하루라도 빨리 이동해서 한 사람이라도 살릴 수 있다면 그렇게 해야 하지 않겠습니까?"

독고설은 천류영의 얼굴에 어린 결의를 읽고는 주먹을 꼭 쥔 채 말했다.

"정말 괜찮겠어요? 많이 고통스러울 텐데."

"한때의 고통이 평생의 후회보다 낫습니다."

독고설은 한숨을 터트리며 웃었다. 그리고 천류영의 손을 맞잡았다.

"고마워요. 큰 도움이 될 거예요. 아버지도 천 공자가 오면 매우 든든해하실 거고요."

천류영이 빙그레 웃었다.

"저도 그랬으면 좋겠습니다."

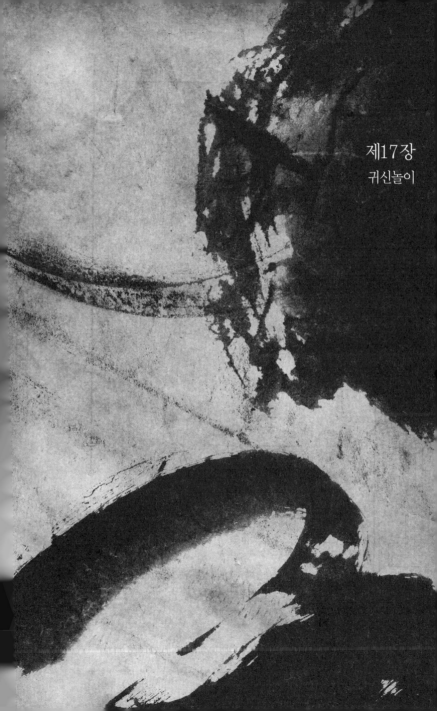

제17장
귀신놀이

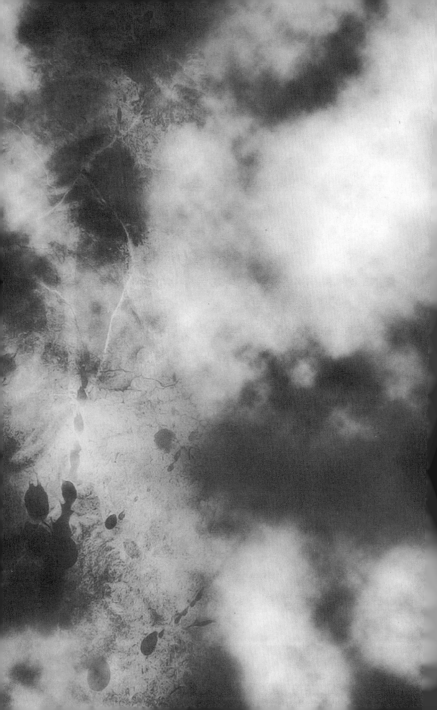

1

선홍빛 달이 천공에 걸려 있는 새벽.

상청궁 대전에 모인 도사들은 모두 침중했다. 우둔리에서 날아든 비통한 소식 때문이었다.

청호도장에 있던 이백오십 제자들이 죽었다. 또한 속가제자들의 가족은 실종됐고.

장로 중 최고령인 청현진인이 눈을 감고 침음하다가 입을 열었다.

"천마검. 그 소악마에게 철저하게 당했어요. 당장 본산으로 쳐들어올 것 같이 호기에 차 떠들어 대고는 이런 얄팍

한 술수를 쓰다니."

그의 음성이 분기로 인해 사뭇 떨렸다.

청성파에서 가장 신중한 청우 율사가 냉정한 어조로 말을 받았다.

"그런 점도 있지만 마교도들의 인원이 많지 않다는 우군사의 정보만 믿고 너무 안이하게 대처했습니다. 천마검이 회군할 것이라 오판한 탓입니다."

청우 율사의 자책에 모두가 고개를 끄덕였다. 그는 숨을 고르고 말을 이었다.

"마교도는 겨우 일백여 명. 그러나 터무니없이 강합니다. 즉, 지금처럼 제자들을 여러 곳에 흩어 두었다가는 계속 각개격파될 위험이 큽니다."

그의 말대로 날이 밝으면 우둔리에서 있었던 일은 주변 다섯 마을에 퍼질 것이다. 그렇다면 그 다섯 곳의 속가제자들은 자신들을 지키기 위해 더 많은 지원을 요청할 것이 자명했다.

적전제자인 신검룡 나한민이 뒷목을 움켜쥐며 말했다.

"본파의 제자들을 다섯 곳에 더 파견한다면 얼마나 많은 이들을 보내야 할까요? 저들의 무력을 생각하면 적어도 각각에 백여 명 이상을 더 지원해야 할 겁니다. 하지만 그랬다가는 정작 이 넓은 본산의 경비에 구멍이 숭숭 뚫리게 될 겁니다."

청우 율사가 말을 받았다.

"맞다. 하지만 속가제자들을 이대로 방치한다면 우리의 위신과 체면이 무너진다. 세상 사람들이 근방의 제자들도 지키지 않는다고 손가락질 할 것이야."

나한민 옆에 앉은 중년 도사가 한숨을 쉬며 끼어들었다.

"진퇴양난이군요."

모두가 고개를 끄덕였다. 결국 좌중의 시선은 청절검 장운 장문인에게 향했다.

그는 이마에 손바닥을 댄 채로 말했다.

"천마검은 우리에게 선택을 강요하고 있는 겁니다. 속가제자들을 지키면서 본파를 위험에 노출시킬 것이냐? 아니면 본파의 안전을 위해 속가제자들을 외면할 것이냐?"

장문인의 말이 끝날 때 대전 안으로 노도사가 들어섰다. 청호 도장에서 조사를 마치고 돌아온 복건궁주 청량 도사였다.

"장문인. 저에게 삼백의 제자를 허락해 주십시오. 반드시 천마검을 추적해 그의 수급을 가져오겠습니다."

그의 난데없는 말에 장운은 고소를 삼켰다.

"복건궁주. 그대가 우둔리에서 보낸 연통으로 대충의 상황은 파악했소. 천마검의 졸개들은 그곳에서 사방으로 뿔뿔이 흩어졌다고 했는데 제대로 된 추격이 가능하겠소?"

"그래 봤자 본산의 근방 어딘가에 쥐새끼처럼 숨어 있을 겁니다. 반드시 찾아내겠습니다. 악마 같은 마교놈들이 주검이 된 우리의 제자들을 또다시 죽였습니다. 참고 있을 수 없지 않겠습니까?"

그의 말에 모두가 의아한 표정을 지었다.

장운 장문인이 묵직한 음성으로 물었다.

"그게 무슨 말이오? 죽은 제자들을 다시 죽이다니."

"놈들이 죽은 제자들의 시신을 더럽혔습니다."

"……?"

"삼십 명에 가까운 제자들의 상의를 벗겨 나란히 두고 그들의 배 위에 칼로 글자를 새겼습니다."

"허어……."

장운은 부지불식간에 탄식을 터트렸다. 그뿐만 아니라 모든 이들이 어이가 없다는 표정으로 눈을 치켜떴다.

청현 진인이 노한 얼굴로 외치듯 물었다.

"뭐라 썼는가?"

복건궁주는 입술을 질끈 깨물었다가 답했다.

"그게…… 놈들이 우리 제자들의 입장을 대변한 것처럼 썼습니다."

"말하게."

"우리를 죽인 건…… 천마검이 아니라 청성 장문인이다. 천마검은 경고를 했다. 그러나 장문인이 이를 무시하고 가벼이 여겨 이런 사달이 났다. 우리는 죽어 귀신이 되어서도 우리를 사지로 몰아넣은 장문인을 원망하고 저주할 것이다."

"⋯⋯!"

"또한 천마검이 직접 청호도장의 외벽에다 글을 남겼습니다. 곧 청성인들의 이차 몰살을 보게 될 것이라고. 이 모든 것은 비무를 거절하고 경고를 무시한 청성 장문인의 책임이라고 썼습니다."

황당함과 충격이 대전을 휩쓸었다. 모두가 아연한 얼굴로 기가 막혀서 입조차 열지 못할 지경이었다.

복건궁주는 이를 갈며 말을 이었다.

"우둔리의 많은 사람들이 이것을 보았습니다. 그리고 소문은 안 좋게 퍼질 터! 그전에 천마검을 잡아서 죽은 제자들의 넋을 위로해야 할 것입니다."

나한민이 굳은 얼굴로 고개를 저으며 반박했다.

"추격대는 아니 될 말씀입니다. 왜냐하면 천마검은 우리를 각개격파하려는 것이 분명합니다. 계속 우리로 하여금 인원을 나누게 만들고 있지 않습니까? 다섯 마을에 추가로 제자를 보내는 동시에, 우리가 분노해 추격대 편성하는 것을 노리는 것이지요."

그의 말에 복건궁주가 미간을 구겼다. 당장 추격대를 조직해 천마검을 쫓고 싶은 마음이 굴뚝같았다. 그러나 나한민의 말은 분명히 일리가 있었다.

나한민은 좌중을 훑어보고 선언하듯이 말했다.

"즉, 놈은 진짜로 본산을 노리고 있는 것일지도 모릅니다."

쥐죽은 듯한 정적이 대전 안을 휩쓸었다.

천마검이 그런 말을 했었지만 아무도 믿는 사람은 없었다. 그런데 나한민은 그럴 가능성에 대해 처음으로 언급한 것이다.

청우 율사가 새로운 제안을 내놨다.

"차라리 속가제자들을 모두 본산으로 불러들이는 건 어떻겠습니까? 그러면 추격대를 넉넉히 편성하더라도 큰 문제는 없을 것입니다."

장문인이 고개를 저었다.

"우둔리에서 빈 무관과 도장들을 모두 불태웠다고 하지 않았소?"

청우 율사가 '아!' 하는 탄식과 함께 고개를 끄덕였다.

"그렇군요. 자리를 비우면 사문과 세간이 다 타 버릴 터이니 속가제자들은 움직이지 않겠군요. 하아아…… 천마검은 이것조차 노리고 불을 지른 걸까요? 무서운 자입니다."

새벽 내내 회의가 계속됐지만 좀처럼 결론을 내리지 못했다.

적은 소수이나 강했다. 무엇보다 숨어 있었다.

그에 반해 자신들은 다수이나 상대에게 완전히 노출되어

있었다. 보이지 않는 적처럼 상대하기 껄끄러운 것은 없다.

그러니 계속해서 천마검에게 끌려다닐 수밖에 없는 처지였다.

딱히 묘책이 없는 지루한 회의는 우군사 빙봉이 오후에 도착할 때가지 이어졌다.

*   *   *

태양이 천공의 중심에서 점차 서녘 하늘로 기웃기웃 걸음을 재촉했다.

청성산의 산문을 지나 복건궁으로 향하는 산길을 오르는 모용린에게 팽우종이 물었다.

"말을 타고 여덟 시진 가까이 쉬지도 않고 달려왔습니다. 피곤하지 않습니까?"

그야말로 강행군이었다. 전날 저녁, 아예 여분의 말까지 준비하고 나선 모용린이었다.

밤에 말을 타는 것은 위험천만한 짓인데도 불구하고 그녀는 미친 듯 말을 몰았다.

청성산까지 원래 걸려야 할 시간을 거의 절반 가까이 줄여 버린 모용린을 보면서 팽우종은 그녀를 향해 새삼 다른 시선을 갖게 되었다.

전날 바로 출발하겠다고 말했을 때도 느꼈지만 정말이지

추진력이 대단한 여인이었다.

모용린은 굳은 얼굴로 고개를 젓고는 멈춰 서서 대꾸했다.

"피곤? 전혀요. 이가 갈려서 잠 같은 것은 생각도 나지 않네요."

그녀의 시선은 산을 오르는 일련의 무리들에게 향했다.

전날 밤에 죽은 이백오십여 무사들의 시신을 산중턱에 있는 월성호로 운반 중이었다. 그곳에 제단을 설치하고 화장을 해서 죽은 이들의 넋을 위로할 예정이라고 했다.

부상이 깊어 이미 부패가 상당히 진행된 시신에서는 참기 힘든 악취가 났다. 하지만 아무도 얼굴을 찡그리는 자는 없었다. 아니, 그 악취가 오히려 청성인들의 분노를 부채질했다.

산문에서부터 모용린과 팽우종을 안내하며, 전날 있었던 일을 얘기하던 청성파의 당주가 이를 갈았다.

"우리는 반드시 복수할 겁니다. 천마검, 그를 죽여 씹어 먹고 말겠습니다."

결코 도사의 입에서 나올 말이 아니다. 그러나 모용린과 팽우종은 묵묵히 고개를 끄덕였다. 청성인들의 원한이 얼마나 깊은지 이해가 되었으니까.

모용린은 운반되어지는 시신들을 물끄러미 보다가 멈췄던 발을 다시 재촉했다.

죽은 자들을 이용해 그들이 청성파를 원망한다는 장난질까지 쳤다.

천마검.

그는 귀신들까지 자신의 편으로 만들려는 것인가?

모용린의 입가에 묘한 미소가 맺혔다.

천마검의 의중이 짐작된 것이다.

모용린 일행은 복건궁에 다다라 복건궁주의 영접을 받고는 장문인이 머무는 상청궁으로 올랐다.

상황이 상황인지라 인사는 가볍게 끝나고 다시 회의가 진행되었다. 하지만 결국 장운 장문인이 기지개를 켜며 쓴웃음을 지었다.

"이거야 원. 다람쥐 쳇바퀴 도는 것도 아니고. 당최 답이 없군."

모용린과 팽우종을 데려오느라 자리를 비웠던 복건궁주가 입을 열었다.

"추적대를 구성하는 것이 무리라는 걸 알지만, 숨어 있는 적을 상대하기 위해서는 어쩔 수 없습니다. 주변을 샅샅이 뒤져야 합니다."

나한민이 한숨을 삼키며 고개를 절레절레 저었다.

"또 그 얘기십니까? 그거야말로 천마검의 의도대로 움직이는 것입니다."

"이렇게 답 없는 회의를 계속하면서 전전긍긍하는 것을

천마검이 노리고 있을지도 모르지. 그는 조만간 이차 공격을 감행하겠다고 말했으니 당장 오늘 밤 또 다른 마을이 습격당할지 모를 일 아닌가?"

청현진인이 혀를 끌끌 차며 한탄했다.

"허어. 어쩌다 우리 청성이 겨우 일백 마교도들에게 이리 농락을 당한단 말인가?"

그는 고개를 젓다가 모용린을 보았다.

서늘한 표정의 그녀는 입가에 묘한 미소를 걸치고 있었다.

장운 장문인도 그것을 보고는 입을 열었다.

"빙봉 우군사. 잠시지만 자네도 여기서 우리가 나누는 얘기를 들었으니 허심탄회하게 의견을 말해 보게."

모용린은 자신에게 몰리는 시선을 느끼며 자리에서 천천히 일어섰다.

"우선 다시 한 번 우둔리에서 벌어진 참극에 대해 심심한 위로의 말씀을 드립니다."

이미 서로 인사를 나눌 때 한 말이었다. 그러나 그녀는 정말 안타까운 표정을 지어 청성 도사들로 하여금 고개를 끄덕이게 만들었다.

"산문에서부터 귀파의 당주께서 많은 얘기를 해 주셨고, 여기에서도 같은 말을 들었습니다."

그녀의 말이 곧바로 본론으로 들어갈 준비를 마쳤다. 그러자 모든 이들이 귀를 쫑긋 세웠다. 나이는 스물일곱에 불과하나, 그녀는 세상이 인정하는 천재였다.

"저는 얘기를 들으면서 한 가지를 느꼈습니다."

나한민이 물었다.

"그게 무엇인가?"

"마교도는 겨우 일백인데, 다수의 귀파가 이 일백에 휘둘리고 있다는 것을 말입니다. 명예, 명분 그리고 실리까지 모두 천마검이 쥐고 흔들고 있습니다."

나한민의 눈가가 찌푸려졌다.

"그야 놈은 숨어 있으니까 그런 것이 아닌가? 어디 있는지만 알면 당장에라도……."

모용린이 손을 저으며 그의 말을 제지했다.

"중요한 건 주도권을 천마검이 쥐고 있다는 겁니다. 그렇다면 그 주도권을 되찾아오면 되지 않겠습니까? 아울러 명분과 명예 그리고 실리까지도."

청성 도사들의 눈에 이채가 스쳤다. 빙봉은 뭔가 묘책을 준비하고 있는 것으로 보였다.

장운 장문인이 물었다.

"보이지 않는 적으로부터 어떻게 주도권을 가지고 온다는 것인가?"

모용린이 빙그레 웃었다. 그 차가운 웃음 위로 서늘한 음성이 흘러나왔다.

"숨어 있는 자들을 찾는 가장 좋은 방법은 스스로 드러나게 만드는 것이지요. 아니면 스스로 꼬리를 말고 도망치게 만드는 것도 괜찮겠고요."

대전은 바늘이 떨어져도 큰 소리가 날 만큼 정적에 휩싸였다. 그렇게 모두가 모용린에게 집중했다.

"천마검의 약점을 이용해서 그가 했던 방법을 역이용하는 겁니다."

장운이 상체를 앞으로 숙이며 양손을 마주 잡아 깍지를 꼈다.

"천마검의 약점? 그리고 그가 했던 방법? 그게 뭐지?"

모용린은 하얀 손으로 자신의 앞머리를 쓸어 올리며 말했다.

"사실 저는 어제까지만 해도 천마검을 그저 마교의 뛰어난 고수라고만 생각했습니다. 하지만 이곳으로 오면서 곰곰이 생각해 보니 그는 아주 독특한 인물이라는 것을 깨달았습니다."

"어떤 점에서 말인가?"

장운의 말에 모용린은 씩 웃었다.

"그는 마교도이면서 정파처럼 명분을 매우 중요시 여기는 자입니다. 비무첩을 보내는 것도 그렇고, 청호도장에서 죽인 자들에게 글까지 남겨 가며 이 모든 것의 책임은 자신이 아닌 장문인께 있다고 주장했습니다."

"음…… 과연 그렇군. 확실히 우리가 알고 있는 마교의 고수들과는 달라. 그래서 상대하기가 더 난해한지도 모르겠군."

장운이 맞장구를 치자 모든 이들이 고개를 끄덕이며 공감하는 표정을 지었다. 지켜보던 청현 진인이 끼어들었다.

"우군사, 지금 천마검의 인물평을 하자는 것은 아닐 테고, 결론을 말해 보게."

"예. 아까 제가 말한 것처럼 천마검이 이용한 방법을 쓰는 겁니다. 즉, 그에게 비무첩을 보내는 겁니다."

"……!"

"물론 우리는 천마검이 어디에 있는지 모르니 보낼 수가 없습니다. 다만 그는 청성산 주변 어딘가에 있습니다. 그러니 그가 했던 것처럼 근방의 마을에 방을 붙이는 겁니다."

청현진인은 앉은 의자 뒤로 몸을 묻으며 재미있다는 미소를 머금었다.

"천마검을 초대하자는 건가? 하지만 과연 그가 미치지 않고서야 초대에 응할까?"

"상관없습니다. 오지 않으면 그는 지금까지 내세운 명분을 잃는 것이니까요."

모두가 고개를 끄덕였다.

기실 지금 청성파는 제자들을 잃은 것보다 더 곤혹스러운 것이 있었다. 바로 세간의 평판이었다.

천마검은 비무를 요청했고 경고를 했다. 그럼으로써 그는 명분을 확보했고, 청성파는 겁쟁이로 전락해 버렸다.

장운 장문인이 묘한 미소를 지으며 입을 열었다.

"천마검이 응하든 거부하든 명분을 가져올 수 있겠군. 그로 인해 추락한 명예도 회복할 수 있겠고."

"예. 거부하면 명분을 찾고, 응하면 제거하면 되지요."

"그가 올까?"

모용린이 고개를 저었다.

"오지 않겠지요. 미치지 않고서야."

그녀는 말을 하다가 자신의 말에 흠칫 놀랐다.

'미치지 않고서야⋯⋯.'

하지만 천마검은 상식을 잇달아 깨는 미친놈이었다. 그게 묘하게 가슴에 걸렸다.

2

장운은 손깍지를 풀며 대꾸했다.

"과연 천재 책사인 빙봉이로구나. 좋은 의견이야. 채택하 겠다. 하지만 명분을 가져올 뿐, 숨어 있는 그가 모습을 드러내지는 않을 터인데? 그렇다면 실리는 없는 것 아닌가?"

빙봉이 어깨를 으쓱하고 눈을 빛냈다.

"비무 장소를 청성산의 산중호수인 월성호로 정하는 겁니다. 그리고 근방의 속가제자 중 수뇌부들을 초대하십시오."

"⋯⋯!"

"장문인과 천마검의 비무를 구경하려고 몰려들 겁니다. 그러면 자연스럽게 천마검이 청성을 나누려는 책략은 무너집니다. 더불어 귀파는 안전을 도모하는 실리를 취하실 수 있습니다."

장문인이 고개를 갸웃거리며 이맛살을 찌푸렸다.

"속가제자들은 오지 않을 것 같네."

모용린은 장문인이 무슨 말을 하려는지 이미 짐작한다는 표정으로 말을 받았다.

"천마검은 결코 방화를 저지르지 않을 겁니다. 왜냐하면 방금 말했듯이 그는 마도인이면서 명분에 집착하기 때문입니다. 비무에 응하지 않고 수뇌부와 고수가 빠진 무관, 도장을 공략하고 불이나 내려고 돌아다녔다는 것은…… 마교의 사령관으로서 참담하고 한심하다고 스스로 알리는 꼴이 될 테니까요."

그녀 옆에서 지켜만 보고 있던 팽우종이 눈치를 보며 끼어들었다.

"빙봉. 하지만 그 마교의 사령관인 천마검이 어젯밤에는 방화를 저질렀습니다."

"그때는 명분이 그에게 있었으니까, 모든 책임의 원흉이 청성파로 향하게 만들 수 있었던 겁니다."

팽우종이 탄복하며 고개를 끄덕였다.

"아! 그렇군요. 청성 장문인께서 결투를 신청하는 순간 명분은 이쪽으로 넘어오게 되는군요."

모두가 진심으로 감탄했다.

비무첩 하나로 모든 상황이 역전될 수 있다니! 그녀가 괜히 천재 책사라 불리는 것이 아니었다.

모용린이 흐릿한 미소로 고개를 끄덕였다.

"맞아요. 그러니 그는 둘 중 하나를 선택하게 됩니다. 미쳐서 승부를 겨루러 나타나거나 아니면 조용히 꼬리를 말고 사천 분타로 회군하거나."

모용린은 자신을 바라보는 도사들의 눈에 어린 탄성을 보면서 생각했다. 이곳으로 오길 잘했다고.

그런 점에서 옆에서 입을 쩍 벌리고 있는 팽우종이 고맙게 느껴졌다. 어쨌든 그의 조언으로 인해 자만을 버리고 경각심을 갖게 되었으니까.

* * *

"저녁부터 마을 곳곳에 이런 방문이 붙기 시작했습니다."

천랑대원 중 하나가 공손하게 종이를 내밀었다. 백운회는 그 방문을 받아 들고는 단숨에 읽어 내렸다. 그의 눈에 이채가 스쳤다.

"훗, 제법이군."

그의 입가에서 짤막한 실소가 흘렀다. 그는 앉아 있던 바위에서 몸을 일으키고는 관태랑에게 방문을 넘겨주었다. 그 종이는 이내 곁에 있는 폭혈도와 수라마녀에게도 돌려졌다.

두 조장들까지 다 읽은 것을 본 백운회가 입을 열었다.

"어떻게 생각하나?"

관태랑이 답했다.

"상대에 꽤 머리 좋은 책사가 있는 것으로 보입니다. 대주께서 명분을 중요시 여긴다는 것을 간파하지 않고서는 이런 대범한 선택을 하지 못할 테니까요."

사실 별거 아닌 것일 수도 있다. 그러나 정파인들에게 마교도란 오로지 힘만 추구하는 마인이었다. 그리고 실제로 지난 무림사를 통틀어 마교도들은 어떤 명분을 내세운 적이 없었다.

전례가 없는 사실을 파악한다는 것은 결코 쉬운 일이 아니다. 왜냐하면 판단의 근간이 되는 대전제를 바꿔야 하는 것이니까.

일조장 폭혈도가 고개를 끄덕이며 말을 받았다.

"예. 이런 방법을 쓸 것이라고는 전혀 예상하지 못했습니다. 청성파에 이리 대담하면서도 눈썰미 좋은 책사가 있었습니까?"

그의 말에 백운회가 낮게 웃음을 터트렸다. 기분이 좋아 보이는 싱그러운 웃음이었다.

"하하하, 좋군. 상대의 반응이 예상과 달라서 마음에 들어. 기껏해야 고민하다가 결국 인원을 더 나눌 것이라 생각했는데 오히려 다시 뭉쳤다? 후후후, 제법이야. 뭐, 상관없지만. 어쨌든 이렇게 되면 오늘 밤은 푹 쉬어야겠군."

그는 주변의 수하들을 훑으며 말했다.

"청성에서 제법 머리를 잘 굴리는 인물은 두 사람이 있다. 신검룡 나한민 그리고 율사 청우. 그들은 매우 신중하지. 하지만 그래서 소극적이다. 이런 대범한 생각을 할 자들이 아니야."

관태랑이 물었다.

"그럼 누굴까요?"

"모르지. 청성에 숨은 인재가 있었는지도. 그게 아니라면……"

백운회가 눈을 빛내며 말꼬리를 흐렸다. 하지만 곧바로 말을 이었다.

"외부에서 새로운 인물이 들어왔다거나."

그의 말에 관태랑이 미간을 가득 찌푸렸다.

"설마…… 무림서생은 아니겠지요?"

천류영.

그의 별호는 이미 여기 있는 이들도 모두 알고 있었다. 이들뿐만 아니라 사천분타에 있는 이들도 모두 다.

왜냐하면 백운회가 누누이 강조했기 때문이었다.

천류영.

그를 조심해야 한다고.

관태랑의 의문에 삼조장 수라마녀가 붉은 입술을 혀로 한 차례 쓸더니 말했다.

"부대주, 나는 꼭 그를 보고 싶어요. 나는 우리 대주께서 누군가를 그렇게 칭찬하는 것을 처음 봤으니까요. 대체 얼마나 담대하고 영민한 자일까? 얼굴은 잘생겼을까나? 호호 호호."

그녀의 교소가 주변의 허공을 낮게 울렸다.

눈꼬리가 위로 올라가 사나운 표정이었으나 전체적인 이목구비는 아주 뚜렷한 중년 미부인. 그녀의 음성과 몸짓에서 진득한 교태가 묻어났다.

백운회가 그녀를 보며 낮게 웃었다.

"후후후. 아무리 수라마녀라도 천류영, 그 친구는 감당 못할 거야."

수라마녀가 손으로 입을 가리며 놀라는 척했다.

"어머! 그 정도인가요? 호호호. 그러니까 더 호기심이 짙어지는걸요? 만나기만 하면 내가 콱 잡아먹어 버려야지."

백운회가 고개를 저었다.

"글쎄. 그전에 그대가 먹힐 테니까 조심해야 할 거다. 누누이 말하지만 천류영, 그를 상대하게 되면 결코 방심하지 마라."

그의 말에 수라마녀뿐만 아니라 다른 이들의 눈에 묘한

기광이 일렁였다. 그것은 질투였다.

자신들의 신이나 다름없는 백운회가 다른 누군가를 저렇게 인정해 준다는 것이 영 마음에 들지 않았다.

더더군다나 천류영은 무공도 모르는 인물이 아닌가?

하지만 대주인 천마검에게 딴죽을 걸 수는 없었기에 애꿏은 땅만 툭툭 찼다.

관태랑이 다시 아까 한 질문을 거듭했다.

"대주님. 만약 청성파에 누군가가 들어왔고, 그자가 무림서생이라면 어떻게 하실 겁니까?"

백운회가 소리 없이 하얗게 웃었다. 그렇게 한참을 미소 짓던 그가 말했다.

"어떻게 할 것 같나?"

관태랑은 천마검의 인재 욕심을 잘 알고 있었다. 바로 전날만 해도 청호도장에서 선지운이란 청년을 결국 끌어오지 않았던가.

물론 선지운은 끝끝내 굴복하지 않았다. 그래서 천마검은 하나의 조건을 더 내걸었다.

며칠 안에 청성파와 싸워서 승리하면 따르라고. 그러나 청성파에 지면 조건 없이 풀어 주겠다는 약속.

선지운은 천랑대 일백의 고강함을 알았지만, 청성파를 상대로 이길 수 있다고는 믿지 않았다. 그렇기에 더 이상 천마검의 제안을 거부하지 못하고 조건부 승낙을 한 상태였다.

관태랑이 낮지만 힘차게 물었다.

"무림서생이라면 회유하실 겁니까?"

백운회가 고개를 저었다.

"안타깝지만 그와 나는 가는 길이 달라."

"그러면……."

"죽여야지. 그래…… 죽이는 것 외에는 방법이 없어."

백운회의 차가운 말에 관태랑뿐만 아니라 폭혈도와 수라마녀의 얼굴에 화색이 돌았다. 방금까지 느꼈던 묘한 질투심이 사라진 것이다. 그러나 이어지는 그의 말에 모두의 얼굴이 굳어졌다.

"왜냐하면 나는 그가…… 천류영이 두렵거든."

"……!"

모두가 놀라 말문을 잃었다.

천마검 백운회가 두려워하는 사람이 있다는 것이 황당해서 농담이 아닐까라는 생각이 들었다.

백운회는 계속 고개를 저으며 말했다.

"그런데 아마 천류영이 아닐 거야."

폭혈도가 끼어들었다.

"왜 그렇게 생각하십니까?"

"상대의 책략이 내 성정을 간파하고 있긴 하지만 지나치게 대범하다. 천류영이라면…… 더 꼼꼼하게 함정을 팠을 거야."

"……."

"그래. 천류영이 아니야. 아쉽지만."

백운회의 표정엔 진심으로 안타까워하는 빛이 역력했다. 마치 호적수와의 진한 결투를 내심 기다린 사람의 얼굴이었다.

폭혈도가 잠시 그런 백운회를 보다가 말했다.

"청성파가 예상과는 다르게 나왔는데…… 어떻게 하실 겁니까?"

그 말에 백운회가 다시 미소를 머금었다.

"원숭이들이 재롱을 피운다고 사람이 되는 건 아니지. 그깟 원숭이들이 꾸미는 짓에 내가 겁을 먹어야 하나?"

그의 말에 폭혈도와 수라마녀가 피식 실소를 터트렸다.

관태랑이 답했다.

"그럴 필요 없지요."

백운회는 눈을 빛내며 고개를 끄덕였다.

"그래, 상관없지. 내일 정오, 산정호수인 월성호라…….멋진 무대에서 흥미로운 비무가 되겠군. 벌써부터 기대되는군. 후후후."

              *   *   *

새벽바람이 산에서 내려와 드넓은 월성호의 수면을 부드럽게 쓸었다.

호수 앞에는 제단이 서 있었다. 아침에 위령제를 지내고 이백오십 명을 화장할 장소였다.

그리고 만약…… 만약 천마검이 나타난다면 그를 죽일 곳이었다.

죽은 제자들의 원혼을 달래기 위해서라면 천마검만 한 제물은 없었다. 하지만 정말로 천마검이 나타날 것이라고 믿는 사람은 많지 않았다.

그럼에도 불구하고 혹시나 하는 생각을 하는 이들도 적지 않게 있었다. 왜냐하면 천마검은 보통의 상식으로는 재단할 수 없는 미치광이였으니까.

그렇지 않다면 청평객잔에 수하 하나만 데리고 나타나는 짓 따위는 결코 하지 않았을 것이다.

그렇기에 주변 다섯 마을의 속가제자들 중 수뇌부가 청성산으로 들어왔다.

호기심 반, 기대감 반으로 말이다.

물론 뒤에 남은 제자들과 가족들이 걱정되기는 했다. 그러나 청성 장문인과 빙봉 우군사의 지적이 가슴에 걸렸다. 수뇌부가 청성으로 들어오지 않으면 오히려 천마검의 표적이 될 수도 있다는.

이해할 수 없는 말이다. 그러나 적어도 청성 장문인과 무림맹의 우군사가 이런 일을 가지고 농담할 리는 없었다.

그들은 자신들보다 더 많은 정보를 가지고 있으니 그럴 만한 이유가 있다고 여겼고, 그래서 늦은 밤인데도 불구하고 청성산으로 허겁지겁 들어왔다.

괜히 늦었다가 정말 천마검의 표적이 될까 두려웠기에. 또한 파견해 주었던 도사들도 다 복귀하는 것을 보니 싸움은 정말로 청성에서 이뤄질 거라는 생각도 들었다.

어쩌면 장문인과 천마검이 모종의 교섭을 한 것일지도 모르고 말이다.

월성호 앞에서 경계를 서고 있는 두 명의 청성 도사들은 땅에 주욱 늘어서 있는 동료의 시신들을 보다가 고개를 돌렸다.

"휴우우……. 미치겠군. 사람 목숨이란 게 너무 허망해."

중년 도사의 말에 청년 도사가 고개를 끄덕이며 대꾸했다.

"예. 저 시신 중에 저와 친했던 녀석도 있는데……."

"나도 마찬가지야."

"사실…… 원래는 제가 청호도장에 가는 건데, 그 친구가 저와 바꾸자고 그랬습니다."

"헉! 정말인가?"

"예. 산 밖의 공기 좀 마셔야겠다고."

"쯧쯧. 정말 운명이란 것은 한 치 앞을 내다볼 수 없는 것이군."

"그런데 내일 낮에 정말 천마검이 올까요?"

"실성하지 않고서야 오겠나? 그런데 또 모르지. 원래 마교란 곳이 광오하고 미친놈들이 많은 데니까."

"그러니까 말입니다. 청평객잔에 정말 그렇게 나타날 줄 누가 상상이나 했겠습니까?"

둘은 두런두런 얘기를 나눴다.

그때 월성호수 앞에 놓인 시신들 중 두 구가 갑자기 눈을 떴다.

번쩍.

푸르스름한 안광이 눈에서 일었다가 서서히 잦아들었다.

씨익.

비릿한 미소를 짓는 두 구의 시체.

천랑대 이조장 귀혼창, 사조장 마령검.

천마검이 세운 귀신놀이의 두 주역이었다.

청호도장에서 옷을 갈아입은 둘은 심장과 호흡을 장시간 멈출 수 있는 귀식대법(龜息大法)을 이용해 청성산의 심장에 잠입한 것이다.

병법 삼십육계 중, 십사계.

차시환혼(借屍還魂).

주검을 빌려 부활한다는 이 말은 목적을 위해 쓸모가 없어 보이는 것이라도 적극적으로 이용한다는 책략이다. 즉, 백운회가 말한 귀신놀이는 차시환혼이란 계책이었다.

둘이 서로 고개를 돌려 마주 보며 전음을 나눴다.

[마령검. 잘 잤나?]

[푹 잤소.]

[그럼 슬슬 움직여 볼까?]

[귀혼창 형님은 나만 따라오시오. 가뜩이나 길 눈 어두운데, 헤매지 말고.]

마령검의 말에 귀혼창이 피식 웃었다.

[흐흐. 과연 그 이유일까?]

마령검이 못 말리겠다는 듯이 고개를 저었다.

[형님이 괜한 공명심으로 일을 그르칠까 봐 그렇소.]

[솔직히 너도 청성파 장문인과 한번 붙어 보고 싶지 않아?]

마령검은 입술을 꾹 깨물고 귀혼창을 보다가 씩 웃었다.

[마음대로 하시오. 대신 대주께 맞아 죽어도 결코 안 말릴 거요. 하긴 그전에 청성 장문인에게 죽겠지만.]

마령검의 말에 귀혼창이 재미없다는 표정을 지었다.

[쩝. 나는 청성 장문인을 이길 자신이 있다.]

[대주께서 안 될 것이라 말했잖소.]

[네가 도와주면…….]

[대주의 명을 받들기에도 시간이 벅차오.]

[인정머리 없는 놈.]

[마음에도 없는 말 좀 그만하시오. 대주의 말이라면 지옥이라도 들어갈 사람이. 정말로 내가 대주의 명을 때려치우고 같이 청성 장문인을 함께 노려 보자면 할 거요?]

마령검이 눈을 부라리자 귀혼창은 손을 들고 졌다는 표정을 지었다.

[재미없는 녀석 같으니라고. 원래 이런 막중한 임무를 맡았을 때는 농담을 즐기는 거라고.]

[그 냉막한 표정에 건조한 목소리로 농담하면 웃길 것 같소? 보고 듣는 사람은 살 떨리오.]

마령검의 투덜거림에 귀혼창이 쓴웃음을 깨물었다.

지금 둘의 위치는 월성호의 앞이 아니었다. 어느새 둘은 호수 옆의 숲에 들어와 있었다. 그러나 경계를 서는 두 도사들은 시신 중 두 구가 사라진 것을 여전히 모르고 담소만 즐겼다.

아니, 그 두 도사뿐만 아니라 청성산에 있는 그 어느 누구도 짐작조차 못했다.

시신 중 적이 스며들어 왔다는 것을.

3

장운 장문인은 좀처럼 잠이 오지 않았다.

많은 제자들을 잃은 슬픈 하루가 지나갔다. 또한 천마검의 의도에 끌려가지 않으려고 버둥거렸던 시간들이었다.

"휴우. 그리고 보면 빙봉이 대단하기는 하군. 겨우 스물일곱의 나이에 무림맹 우군사의 자리까지 올라간 것이 단순한 운이 아니었어."

그는 낮에 대전에서 말하던 빙봉을 생각하며 혀를 내둘렀다. 표정이 너무 차가운 것이 흠이었으나, 그래도 대단한 미녀였다. 또한 그녀의 책략은 생각할수록 놀라웠다.

"나중에 무림맹의 총군사가 되겠군. 총군사가 여인이라…… 허허허, 녀석은 새로운 역사를 쓰겠어."

그는 옷을 갈아입으려다가 얼마 전에 빙봉이 자신에게 보냈었던 서신이 문득 떠올랐다.

당시 사흘간 폐관수련을 하고 나왔을 때 그 앞에 전서구로 도착한 두 개의 서신이 있었다.

하나는 독고가주가 보낸 것이었고, 다른 하나는 빙봉의 것이었다.

그때 장운은 아무 생각 없이 빙봉의 것부터 펼쳐 보았다.

그 내용은 꽤나 당혹스러웠다.

독고가주가 보낸 서신의 내용은 최근 무림서생이란 별호를 얻은 천류영이란 청년이 적은 것인데 그것을 믿지 말라는 것이었다. 무림맹은 그를 마교의 간자로 의심하고 있으니 조심해야 한다고 쓰여 있었다.

"마교의 간자라……."

불현듯 호기심이 일었다.

당시에는 굳이 마음을 현혹할 글을 읽을 필요가 없다고 여겼다. 하지만 이제는 읽어도 상관없겠다 싶었다. 대체 마교의 간자는 자신에게 어떤 꼬드김을 하려고 했을까?

또한 그때는 무림서생에 대한 소문을 듣지 못했던 때였

다. 하지만 지금은 꽤 여러 사람들을 통해 들었고 말이다.

"무림서생. 그는 정말 간자일까? 아니면 소문처럼 대단한 천재일까?"

장운은 혼잣말을 하며 침상 옆의 탁자 밑에 둔 목함을 꺼내 들었다. 자신에게 온 서찰을 모아 두는 함이었다.

목함의 뚜껑을 연 그는 이내 독고가주가 보낸, 아니, 실은 천류영이란 청년이 보낸 서신을 찾았다.

곱게 접혀 있는 쪽지를 펼치니 독고가주가 천류영을 짤막하게 소개하는 글이 서두에 있었다. 이미 소문으로 들었던 내용이었다.

하지만 묘하게 느낌이 달랐다.

원래 소문이란 것은 쉽게 믿을 수 있는 것이 아니다. 하지만 신중한 것으로 유명한 독고가주가 짧지만 절절한 심사를 담아 천류영의 말을 유심히 들어 달라고 강변했다.

"흐음. 독고가주가 무림서생에게 완전히 빠져 있군. 그가 간자라면 독고가주는 아주 위험하다는 얘기인데."

그는 담담하게 중얼거리며 바로 뒷내용을 읽었다. 그러면서 그의 안색이 핼쑥해졌고, 뺨이 부들부들 경련했다.

더 나아가 서신을 들고 있는 손까지 떨렸다.

"이럴 수가!"

그는 침상에서 벌떡 일어났다.

……그러니 두 가지를 조심하셔야 합니다. 첫째, 청성
파는 많은 정예의 검사들이 있으나 속가제자들이 여섯 마
을에 흩어져 있습니다. 천마검 혹은 마교도들은 우선 이
들 중 하나를 공략할 공산이 큽니다. 그럼으로써 쉽게 귀
파를 혼란에 빠트릴 수 있기 때문입니다. 그러니 가능한
점창파가 올라올 때까지 속가제자들을 청성산에 불러 함
께 지내는 것이 좋다고 판단됩니다.

장운은 이를 악물었다.

만약 이것을 먼저 읽었더라면…… 이백오십의 제자들이 억
울하게 죽어 가지는 않았을 것인데 하는 한탄이 절로 나왔다.

그의 눈이 곧 서신의 남은 부분을 읽었다.

둘째, 청성산을 철통같이 경계하셔야 합니다. 낯선 인
물은 물론이고, 예전에 알고 있던 이들도 혹시 인피면구
를 쓴 것은 아닌지 철저하게 확인하십시오. 만약 적이 그
것도 상당한 고수가 몰래 안으로 스며든다면, 할 수 있는
것들이 너무나 많습니다. 적의 비수에 심장을 내어 준 형
세가 됩니다. 무적의 사천 분타가 허망하게 무너진 것도
안에 적이 있었기 때문이지요. 그런 위험은 미연에 차단
하는 것이 최선입니다. 절대 청성산에 확실한 사람이 아
니면 들이지 마십시오. 설사 시신이라고 해도 철저하게

확인하고 들이셔야 합니다.

장운의 눈이 마지막 문장에 꽂혔다.

"설사 시신이라고 해도…… 확인을 해야……."

천류영이란 청년이 죽은 자를 언급하는 건 경계를 강화하라는 비유일 것이다. 그러나 묘하게 지금의 상황과 맞아떨어졌다.

부르르르.

그의 신형이 한차례 진저리를 쳤다. 그의 뇌리로 하나의 사실이 스쳤다.

우둔리 무관, 도장의 가족들이 실종되었다.

왜지?

처음엔 그냥 끌고 가서 노예로 삼으려는 것이 아닐까 생각했다. 하지만 차분히 생각해 보면 놈들은 그런 짓을 거의 하지 않는다. 광오한 마교의 마인들은 보통 거치적거리는 이들을 죽여 없앴다.

그게 편하니까.

그런데 천마검은 죽이지 않고 끌고 갔다. 만약 자신들이 추적하면 꼬리를 잡힐 가능성이 큰 데도 불구하고 말이다.

두 가지가 떠올랐다.

첫째, 천마검은 다른 마인들과 다르게 명분을 따진다는 것을 알았다. 그러니 무공을 익히지 않은 이들을 죽이지 않을 수도 있다.

그리고 둘째…….

장운은 눈을 감고 다시 몸을 떨었다.

"아아……."

절로 탄식이 흘렀다.

백팔십 속가제자들의 시체. 그 얼굴을 모두 기억하는 사람은 거의 없다. 그들의 얼굴을 확인할 수 있는 이들이 사라진 것이다.

그는 한차례 심호흡을 하고는 내실의 문을 벌컥 열었다. 그리고 힘껏 소리쳤다.

"비상이다!"

잠자던 청성파가 장문인의 사자후에 벌떡 일어났다.

＊　　　＊　　　＊

무림맹 사천 분타.

늦은 밤이었음에도 회의실에는 몇 개의 촛불이 켜져 있었다.

천마신교의 소교주, 뇌악천.

그는 자신의 앞에 놓인 돌탑을 물끄러미 보았다.

그리고 태상장로인 혈사제를 비롯해 마교 장로들과 흑천련의 수뇌부인 사혈강, 마불이 함께 돌탑을 보고 있었다.

아무도 입을 열지 않았다.

모두들 초조한 기색이 역력했다.

그렇게 질식할 것만 같던 침묵이 밖에서 이는 인기척에 깨졌다.

"속하 흑야입니다. 들어가도 되겠습니까?"

뇌악천은 자신도 모르게 벌떡 일어났다가 길게 숨을 내쉬고는 자리에 앉으며 말했다.

"어서 들어와라."

드르르륵.

미닫이문이 열리고 흑의를 입은 중년사내가 안으로 들어섰다. 그는 곧바로 부복하며 입을 열었다.

"흑야. 태상장로님을 비롯하여……."

그의 인사말을 혈사제가 끊었다.

"됐다. 일은 어찌 되었느냐?"

흑야가 씩 웃으며 대답했다.

"당문세가의 돌탑. 드디어 접선을 하고 안으로 들어갔습니다."

그의 보고를 들은 모두의 얼굴에 화색이 돌았다.

혈사제 태상장로가 만면에 미소를 띤 얼굴로 고개를 끄덕였다.

"수고했다. 돌아가 푹 쉬도록."

"존명!"

흑의 사내가 문을 열고 다시 나갔다. 그러자 뇌악천이 희열에 가득 찬 얼굴로 말했다.

"승리가 눈에 보입니다."

혈사제가 고개를 끄덕이며 돌탑을 보았다.

"그래. 그렇구나. 이제 남은 건 돌탑을 부셔 버리는 것뿐
이군. 한 번에 말이지."

황마객 장로가 말을 받았다.

"출진 준비를 마무리해야겠습니다."

몽혈비 장로도 들뜬 음성으로 기지개를 켰다.

"흐흐흐. 그동안 숨죽이고 지내느라 지겨워 죽는 줄 알
았습니다. 드디어 흑도의 힘을 보여 줄 때가 왔군요."

소뇌음사의 마불 부주지와 사황궁의 사혈강 궁주도 고개
를 끄덕이며 비릿한 미소를 지었다.

*　　　*　　　*

덜컹!

사륜마차의 바퀴 하나가 돌부리에 걸렸다.

그에 마차를 모는 야차검 조전후가 자신도 모르게 움찔하
고는 침을 꼴깍 삼켰다.

아니나 다를까 마차의 창문이 열리고 독고설이 고개를 쏙
내밀었다.

"아저씨!"

"아니 그러니까, 그게 이 깜깜한 새벽에 마차를 모는 일이 결코 쉬운 일이 아닙니다."

"동녘 하늘이 밝아지고 있거든요. 그리고 내공은 뒀다가 어디다 써요? 안력을 더 높이시라고요."

"아가씨. 너무한 거 아닙니까? 나 같은 고수더러 내공을 겨우 그런 용도로 쓰라고 말하다니요?"

독고설의 목소리가 앙칼지게 변했다.

"고수면 뭐해요? 천 공자가 위험하다고 보낸 신호를 축제라고 하신 분이."

"……."

"그렇다고 마차를 잘 몰지도 못하고."

조전후는 울상이 된 얼굴로 투덜거렸다.

"너무 하시는 거 아닙니까? 한 번 실수는 병가지상사(兵家之常事)라 했습니다. 나도 천 공자가 그리된 것에 대해 가슴이 아픈 사람인데 왜 자꾸 저를 괴롭히시는 겁니까? 그리고 말이 나온 김에 하는 말인데…… 풍운을 보낸 것은 접니다."

"알았어요. 그러니 가능하면 조심스럽게 마차를 몰아 줘요."

"아니, 조심스럽게 몰면 너무 느리다고 불평하신 분이 누굴까요?"

조전후의 반격에 독고설은 할 말이 없었다.

"미안해요. 제가 너무 예민했어요."

그녀가 사과를 하자 조전후는 움츠렸던 어깨를 쓱 폈다.

"뭐, 이해합니다. 천 공자의 상태를 저도 모르는 바 아니고 말입니다. 그나저나 천 공자는 어떻습니까?"

"똑같아요. 계속 자요. 어떻게 한 번 깨지도 않고 달리는 마차 안에서…… 어? 일어났어요?"

그녀의 말 뒤로 천류영의 음성이 흘러나왔다.

"그렇게 서로 고함을 지르는데 안 깨면 이상하지요."

"호호호. 그런가요?"

"또 밤이군요."

"밤도 다 지났어요. 여명이죠. 실은 그래서 일부러 언성을 높인 점도 있어요. 잠시 멈춰서 죽이라도 먹어야지요. 먹어야 힘을 내죠."

그 말이 끝나기 무섭게 조전후가 마차를 세웠다.

그리고 마차 뒤를 따르는 수하들에게 외쳤다.

"밥 먹자, 술도 챙기고! 죽엽청!"

독고설이 마차 문을 열고 나왔다.

"아주 신나셨네요."

"하하하, 아가씨. 열네 시진 내내 잠도 안 자고 육포와 건량으로 끼니를 때우며 마차를 몰았습니다."

"하긴…… 고생하셨어요. 그래도 덕분에 서너 시진이면 검향장에 당도할 수 있겠네요."

마차에서 천류영이 나왔다. 그는 한차례 심호흡을 하고는 빙그레 웃었다.

"배가 고프군요."

독고설이 따라 웃었다.

"안 고프면 이상하죠. 잠시만 기다려요. 내가 죽을 곧 만들어……."

독고설은 채 말을 잇지 못하고 얼음이 되었다.

'젠장! 나는 요리를 못하잖아! 죽? 그걸 어떻게 하는 거지? 아니, 내가 왜 그런 걸 하겠다고 말을 꺼낸 거야?'

그녀는 자신이 뱉은 말을 어떻게 수습할지 몰라 당황스러웠다. 그런데 다행스럽게도 천류영은 독고설의 그런 속내를 모르고 대꾸했다.

"아뇨. 죽보다는 그냥 밥을 먹고 싶습니다."

조전후가 화섭자를 이용해 모닥불을 만들며 끼어들었다.

"암! 밥을 먹어야지. 천 공자, 죽 먹어서는 힘 못 냅니다. 밥 먹어요."

"예, 그러려고 합니다."

"그리고 반주로는 죽엽청?"

그의 말에 독고설이 빽 소리를 질렀다.

"아저씨!"

그런데 천류영이 불쑥 대꾸했다.

"한 잔만 받죠."

독고설이 기가 막혀 눈에 쌍심지를 켰다. 그러자 조전후는 설마하니 천류영이 술을 마실 줄은 몰랐단 표정으로 말했다.

"아, 아니. 하하하. 술은 무슨? 그거 농담이오."

"아니, 저는 진담입니다. 고기는 없습니까?"

그가 조전후에게 다가가며 물었다. 그러자 독고설이 고개를 갸웃하며 물었다.

"어? 몸이 아프지 않아요?"

"예. 이제 욱신거리지는 않네요. 아니, 한숨 푹 자고 일어나니 가뿟하고 좋은데요."

"정말요?"

독고설이 반색하자 천류영이 고개를 주억거렸다.

"약간 허리가 뻐근하긴 한데……."

조전후가 벌떡 일어나더니 정색하며 말했다.

"허리는…… 조심해야 하오."

"아! 예."

"여자는 얼굴, 남자는 허리인 거요."

천류영이 고개를 갸웃거렸다.

"그런 말이 있습니까?"

조전후의 얼굴이 흠칫 굳었다. 또한 눈가가 미세하지만 파르르 떨렸다. 천류영은 어깨를 으쓱하며 말을 이었다.

"뭐, 있으니 말씀하신 거겠지요."

"하하하. 난 천 공자가 참 좋소. 사람이 틀에 박히지 않고 참 여유로워. 사람이 이래야 사람다운 거지. 빡빡한 사

람은 난 싫더라고. 하여튼 잠시만 기다리시오. 내가 곧 밥
과 고기를 뚝딱 만들어 낼 테니까."

"예, 고맙습니다. 계속 신세만 지네요."

"무슨 그런 말을. 하여간 그동안 좀 쉬시오. 저기 큰 바
위가 좋겠네."

천류영은 조전후가 가리키는 곳으로 이동해서 바위에 몸을
기댔다. 그러자 독고설이 쪼르르 다가와 옆에 나란히 섰다.

"정말 괜찮은 거죠?"

"쾌차했다고까지는 못하겠지만, 정말 좋아졌습니다. 나
도 조금 놀랄 정도로 말이지요."

"다행이에요."

그것으로 둘의 대화가 끊겼다. 갑자기 동녘 하늘이 변화
무쌍하게 변하기 시작한 탓이었다.

까만빛과 회색빛이 뒤엉키더니 지평선에서 노란빛이 일
렁였다. 그리고 점차 주황색으로 변하더니 이내 불쑥 붉은
태양이 머리를 들었다.

서서히 떠오르는 해를 보며 독고설이 말했다.

"아름답네요."

"예."

"어머니와 여동생은 걱정하지 마세요. 호위무사들이 안
전하게 본가까지 모시고 갈 테니까요."

"예."

"가족과의 회포는 다음에 풀면 되잖아요."

"예."

계속 짧게 답하는 천류영이 왠지 얄미워 독고설은 한마디 툭 쏘아 주려고 고개를 돌렸다.

그러자 태양을 가득 받고 있는 천류영의 얼굴이 그녀의 눈에 가득 들어왔다.

발갛게 익은 듯한 그의 얼굴에서 눈이 별처럼 반짝였다. 그 눈을 보며 독고설은 자신도 모르게 숨이 턱 막히는 기분을 느꼈다.

슬픔, 고통, 아픔이 그 작은 눈에 있었다.

그리고 설렘, 기대, 흥분도 담겨 있었다.

독고설이 마른침을 삼키고 물었다.

"무엇을 생각하세요?"

태양을 정면으로 바라보던 천류영이 담담하게, 특유의 그 듣기 좋은 음성으로 말했다.

"무림."

"……!"

"그 속에서 내가 무엇을 해야 할까 생각했습니다."

"무림에서 산다는 것이 많이 두려운 건가요?"

천류영이 고개를 저었다.

"어디에서 살건 삶은 어차피 고통스럽고 두려운 거라고 생각합니다. 하지만 피할 생각은 없습니다. 두렵지 않습니다."

"……."

"하지만 무림에서 살기로 결심했음에도 하나의 두려움이
여전히 남아 있습니다."

"그게 뭐죠?"

"천마검과 맞서는 것."

독고설은 고개를 끄덕였다.

두 사람의 만남이 기억났다. 그때 천류영은 가능하면 천
마검을 피해 도망갈 것이라고 대놓고 말했다.

이 사람, 아무래도 천마검과 어떤 인연이 있는 것이 틀림
없었다.

천류영이 태양을 보며 빙그레 웃었다.

"그에게서 도망가지 않겠습니다."

"……."

"누군가 혹은 무엇인가를 두려워하는 것. 어쩌면 인생은
그런 것과 싸우며 또 극복하는 과정이 아닐까 생각합니다."

"예……."

천류영이 고개를 돌려 독고설을 보았다.

"많이 모자랍니다. 그러니 많이 도와주십시오. 저는 아무
리 생각해도 혼자서는 아무것도 할 수 없습니다. 독고 소저
가 도와주셔야 합니다. 그리고 우리와 함께 있는 이들이 서
로 도와야 합니다. 힘들 때 서로 기대서 힘을 낼 수 있게."

독고설은 순간 자신도 모르게 손을 들어 그의 얼굴을 만질

뻔했다.

빛이 났다.

눈부셔 쳐다보는 것만으로도 눈물이 날 만큼 그의 얼굴에서 빛이 났다.

독고설이 환하게 웃었다. 가슴이 벅찼다.

"저도 부탁드릴게요. 많이 도와주세요."

그러자 바위 위에서 조전후가 굵직한 목소리로 끼어들었다.

"천. 류. 영. 천 공자. 나도 부탁한다."

함께 왔던 수하들이 바위 뒤에서 나오며 말했다.

"저도 부탁합니다."

"저 역시."

"하하하. 절 빼놓으면 안 됩니다."

서로가 서로를 마주 보며 웃었다. 그리고 서로를 향해 고개를 끄덕였다.

바로 오늘과 내일.

어떤 무시무시한 일들이 앞에 기다리고 있다고 해도 지금 이 순간 그들은 뜨거운 심장으로 환하게 웃었다.

〈『패왕의 별』 제4권에서 계속〉